TERROR
A LA XARXA I

El noi que vivia tancat
en una habitació

ÁLVARO COLOMER
I ANTONIO LOZANO

© d'aquesta edició: Edebé, 2012
Passeig Sant Joan Bosco, 62
08017 Barcelona
www.edebe.com

Atenció al client: 902 44 44 41
contacta@edebe.net

© de la traducció: Maria Llopis Freixas

7a edició

ISBN: 978-84-683-0732-9
Dipòsit legal: B. 11.548-2012
Imprès a Espanya
Printed in Spain

A Nerea Cortés, amb el desig que sigui tan valenta com la protagonista a la qual va cedir el nom,
i a Paula Prats, amb l'esperança que continuï llegint tots els nostres llibres.

WWW. PRIMERA PART

http://1_NOMÉS PER PRIMERA VEGADA

Alguna cosa amoïnava en Jonathan. No sabia per què se sentia tan alterat, però una sensació estranya s'havia instal·lat dins seu i ara desitjava amb totes les forces que els seus pares tornessin del sopar al qual havien anat. El que l'havia envaït no era exactament por, sinó una mena d'alerta prèvia a la seva aparició, un avís que la por es podia presentar en qualsevol moment, l'avantsala del terror més horrible i espantós.

Era la primera vegada que el deixaven tot sol. Havien intentat contractar la cangur de sempre, una noia de poc més de vint anys una mica rodanxona que es passava tota la nit veient l'MTV i parlant per telèfon amb el seu xicot, però en Jonathan havia dit que ja tenia gairebé dotze anys i no necessitava que ningú el cuidés. I menys l'estúpida de la Mel!, que li havia fet de cangur des que tenia ús de raó i que tenia un sentit de l'humor tan macabre que, de vegades, quan en Jonathan encara era petit, apagava l'interruptor general de la llum, es col·locava una llanterna sota la barbeta i el terroritzava mostrant-li les estranyes ombres que se li formaven a la cara. No, en Jonathan ja no volia que la Mel passés les nits amb ell i aquell dia va suplicar als seus pares que el deixessin sol. Els va dir que necessitava sentir-se gran, que volia conèixer la solitud, que tenia ganes de comprovar que ells li tenien confiança. Al principi la seva mare s'hi va mostrar reticent, però el pare es va sentir tan orgullós del seu fill que va convèncer la seva dona perquè el comencés a tractar com un adolescent. «El teu fill ja és tot un homenet», li va dir a cau d'orella mentre li passava una mà pel coll. I va ser així com, per primera vegada en la seva vida, en Jonathan es va quedar a càrrec de la casa i de si mateix.

La primera cosa que va fer quan els seus pares se'n van haver anat va ser encendre tots els llums. Encara que s'havia fet el valent davant d'ells, no se sentia de gust envoltat de foscor, així que va recórrer totes i cadascuna de les habitacions de la casa accionant els interruptors i assegurant-se que les finestres estiguessin tancades. També va encendre el televisor perquè les veus li fessin companyia. Mentre feia tot això, anava xiulant una tonada per convèncer-se que no passava res, i que fins i tot s'estava divertint.

Quan va haver acabat, va caminar pel pis a la cerca d'alguna cosa amb la qual passar l'estona. Si era possible, una cosa normalment prohibida. Finalment es presentava l'oportunitat de fer aquelles coses que els seus pares no li permetien fer, com veure una pel·lícula de sang i fetge, cruspir-se una bossa de patates fregides o jugar a pilota a la sala. Ara tenia el món a les seves mans i no volia desaprofitar l'ocasió d'esprémer-lo fins a l'última gota.

No va trigar a entrar al despatx del seu progenitor i quedar-se mirant, bocabadat, l'ordinador portàtil al qual tenia l'accés restringit. A l'escola li havien ensenyat a fer servir el sistema operatiu, però a casa consideraven que no tenia prou edat per navegar per Internet sense la supervisió d'un adult. Per això, el seu pare li havia prohibit de manera terminant que toqués el portàtil si ell no era al davant. Però el vespre en què es va quedar sol per primera vegada, el del 3 de febrer de 2011, va decidir saltar-se les normes.

Abans de dur a terme la seva entremaliadura, va anar a la cuina, va enfonsar un dit al pot de Nocilla i va beure Coca-Cola directament de l'ampolla. Que gran que se sentia fent aquestes coses! Després, quan va quedar-ne ben tip, va caminar cap al rebedor i va tancar el forrellat de la porta principal. Els seus pares li havien dit que no ho fes, ja que allò impediria que ells poguessin entrar quan tornessin del sopar, però en Jonathan va pensar que, si per qualsevol circumstància, tornaven abans d'hora i el trobaven assegut davant del portàtil, el castigarien uns quants dies sense veure la televisió i, pitjor encara, sense jugar amb la PlayStation. Així que, saltant-se una altra norma, va tancar amb clau i, més tranquil, va tornar al despatx. Sempre podia al·legar en defensa pròpia que havia sentit sorolls estranys i que s'havia estimat més prendre precaucions.

Des del llindar de la porta va observar aquell ordinador que semblava esperar-ne la profanació i aquella cadira que, una mica inclinada, el convidava a seure. Una brisa suau li va acaronar el clatell i el va empènyer a emparar-se d'aquell espai sagrat. Va sentir que les circumstàncies li eren favorables, que els objectes reclamaven la seva presència, que el silenci invocava el seu nom i li recordava una vegada rere l'altra que ja era gran per fer realitat els seus desitjos. Allò era com morir-se de set i rebutjar un refresc ben fred.

Al despatx no hi havia llum de sostre. El seu pare, un crític literari que es passava les hores tancat en aquella habitació, deia que li agradava escriure en penombra, amb un petit flexo com a única font de llum. Tot sovint en Jonathan l'havia estat observant des de la porta. La figura d'aquell home encorbat sobre l'escriptori, sostenint amb els llavis una cigarreta que mai no encenia però que li recordava l'època en què fumava, sempre envoltat d'un silenci absolut, enlluernava el seu fill. En el seu pare no veia el famós intel·lectual que tanta gent admirava, sinó l'home silenciós que, molt de tant en tant, l'observava per damunt d'algun llibre, com si es preguntés qui era aquell noiet que corria per casa o com si es meravellés que aquell nano fos el seu fill.

En realitat, hi va haver un temps en què en Jonathan va odiar els llibres amb totes les seves forces. Li semblaven tropes enemigues que assaltaven sense treva la fortalesa que era l'atenció del seu pare. Però, amb el pas del temps, en Jonathan va entendre que aquella manera d'observar-lo era la seva particular manera de mostrar amor. Al cap i a la fi, havia acceptat que l'home que l'havia portat al món era un pare diferent dels altres, un pare que preferia el silenci a la gatzara, la solitud a la companyia, la contemplació a la pràctica. I era tan curiosa aquella manera de ser, causava tanta sorpresa en un nen avesat al caràcter expansiu dels pares dels seus amics, que en Jonathan no podia evitar mirar-lo com qui contempla el foc: amb una admiració no exempta de por.

Tot això feia que entrar en el seu despatx assolís la categoria de profanació d'un temple, d'un indret al qual només es podia accedir disposant d'una intel·ligència superior. I potser era aquell mateix afany per entendre com funcionaven les coses, aquell interès per obrir-se a realitats ocultes, aquella necessitat d'adquirir coneixements que havia après del seu pare, el que va empènyer en Jonathan a acostar-se a aquella taula, encendre el flexo i seure davant de l'ordinador.

Mentre la pantalla s'encenia, va mirar cap al mirall que estava penjat en una de les parets i hi va veure el seu propi reflex assegut davant de la taula. Per un moment es va sentir algú important, un home de cap a peus, i va somriure en reconèixer en les seves faccions alguns dels trets característics del seu pare. De manera inconscient, la visió d'aquell doble el va fer sentir-se protegit i va endarrerir l'arribada de la por, com una fitxa del parxís que en ser devorada ha de tornar a la casella de sortida.

De seguida va començar a navegar. Va estar-se més de dues hores davant de la pantalla, buscant pàgines sobre les pel·lícules que li agradaven més, mirant el web de la seva escola i xafardejant a la xarxa social a la qual s'havia donat d'alta feia dues setmanes, durant una classe pràctica de l'escola, quan un dels seus amics va aprofitar un moment que el professor estava distret per entrar en aquella pàgina i crear-se el perfil. Després, aquell mateix noi va incitar en Jonathan que fes el mateix i, envaït per l'excitació del moment, ell també va crear un compte en un dels portals socials més importants: el Facebook. Tanmateix, des d'aquell dia no havia tingut ocasió d'entrar de nou al web, per la qual cosa aquell vespre es va llançar amb voracitat a agregar tots els amics que li havien enviat una sol·licitud. En poc més de vint minuts, en Jonathan va acceptar la petició de vuitanta-quatre persones, la majoria companys de l'escola o del poble, però també algunes persones desconegudes.

Quan va començar a notar els ulls cansats, va abandonar el despatx per anar a buscar un jersei, ja que li va fer l'efecte que feia més fred que abans, com si algú hagués obert una finestra i l'hivern s'hagués colat a casa seva. Va ser llavors que va tornar la inquietud.

Per un moment va desitjar que els seus pares tornessin del sopar. Va suposar que el seu nerviosisme no era altra cosa que una reacció derivada de la sobtada onada de fred que havia envaït la casa i, en conseqüència, va deduir que desapareixia tan bon punt s'abrigués. Va anar al seu dormitori per buscar entre els calaixos alguna cosa per tapar-se i, de cop i volta, quan ja havia agafat una dessuadora amb el logotip dels Lakers, tots els llums de la casa es van apagar. La foscor el va envoltar bruscament, com un mantell tenebrós, i la sensació de fred es va incrementar fins a tal punt que li va posar la pell de gallina.

Al cap de pocs segons, en veure que la llum no tornava, en Jonathan va sentir pànic. No estava preparat per a una cosa com aquella. No, no n'estava gens ni mica. La por havia recuperat el terreny a una velocitat sorprenent. Allà s'estava, sobirana i ferotge, ficant-se en tots els racons de la seva ànima.

Va estar a punt de plorar. No sabia quan tornarien els seus pares i tampoc no s'atrevia a trucar-los. Telefonar-los seria una demostració de feblesa que només serviria perquè mai més no el deixessin sol. Va considerar la possibilitat d'obrir la porteta del comptador d'electricitat i mirar si podia fer tornar la llum accionant alguns dels interruptors, però allò suposaria una falta molt més greu que l'ús de l'ordinador. Els seus pares li havien prohibit navegar per Internet i veure pel·lícules de por si ells no hi eren, però tocar el quadre de llums o la caldera de gas era ja gairebé un delicte. També va pensar a sortir de casa i trucar a la porta del veí per demanar-li ajuda, però va rebutjar aquella possibilitat així que es va imaginar el fill del matrimoni que vivia a la porta del costat, un noi de la seva edat amb el qual s'havia barallat unes quantes vegades, dient-li covard, gallina i ploramiques.

De manera que, plantat enmig del passadís i sense un trist llumí per il·luminar l'estança, va decidir que la millor solució era sortir a la terrassa. Pensava que els llums de la ciutat dissiparien la por de la foscor, i ja anava cap al balcó quan, en passar de nou davant del despatx del seu pare, es va adonar que l'ordinador continuava encès. La bateria del portàtil li proporcionava prou autonomia per no dependre dels fusibles de la casa i, com que aquell aparell emetia una bona il·luminació, en Jonathan va abandonar la idea de sortir a la terrassa i es va estimar més quedar-se al despatx.

Encara que l'ordinador funcionava, no hi havia Internet. El mòdem depenia del corrent elèctric, i per això ja no podia navegar. Allò va augmentar el seu malestar, ja que ara estava obligat a estar-se davant de la pantalla sense fer res, deixant que la seva imaginació s'excités amb la foscor del passadís, tement a cada moment que hi aparegués un monstre i se l'endugués. Ja tenia edat per haver deixat de creure en éssers malignes, però aquella foscor sobtada que cobria la sala va fer que rebrotessin les seves pors d'infantesa i que se sentís esparverat davant la negra nit que s'havia instal·lat al pis. A més, quan va alçar la mirada cap al mirall on poc abans s'havia vist reflectit, li va semblar entreveure una ombra darrere seu, com una taca negra amb forma humana. Allò el va espantar tant que va deixar de reprimir les llàgrimes per posar-se a plorar. Sabia que tot plegat era fruit de la seva fantasia, però la foscor l'aterria tant que no es va poder contenir.

Al cap d'una estona, quan ja es va haver cansat de plorar i quan es va haver jurat a ell mateix que no permetria que la seva imaginació li jugués una altra mala passada, va buscar en el menú del disc dur alguna cosa amb la qual passar l'estona. Sabia que el sistema operatiu duia jocs integrats i, després de xafardejar durant una estona a les entranyes de la màquina, va trobar-hi el Buscamines.

Va passar la mitja hora següent intentant localitzar tots els espais en blanc del gran escaquer que havia aparegut a la pantalla, però alguna cosa va interrompre la seva diversió quan menys s'ho esperava. Es tractava d'un espetec, un soroll sec procedent d'alguna habitació, potser de la més allunyada de totes.

La por li va fer un nus a la panxa. El fred s'havia intensificat i li feia exhalar glopades d'aire gèlid, la foscor semblava encara més insondable que abans i el silenci va esdevenir eixordador. La imaginació d'en Jonathan de nou li va jugar una mala passada en crear formes impossibles entre les ombres: una cara arrugada al costat de la porta, unes grans aranyes que caminaven entre els llibres, un objecte metàl·lic que sobresortia del plec de la cortina... Per un moment va pensar en la possibilitat que la Mel, la cangur malvada, s'hagués presentat a la casa sense dir-li res, amb la intenció de clavar-li un gran ensurt. Si bé en Jonathan no volia ser víctima d'una broma com aquella, es va alegrar que la noia pogués haver entrat, però el silenci que dominava el lloc resultava tan aclaparador que de seguida va desestimar aquella opció.

No podia sortir del despatx perquè les cames no li responien i perquè tampoc no es volia arriscar a trobar-se amb els éssers diabòlics que viuen a les penombres. Llavors va sentir un segon espetec, aquesta vegada una mica més intens, com si la font d'aquells sorolls s'atansés.

No va voler esperar més i va agafar el telèfon, decidit a trucar a la seva mare. Sabia que allò retardaria uns quants anys la seva conversió en adult, però en aquells moments tenia tanta por que no es va poder aguantar. I no havia començat a buscar el número a l'agenda quan una ombra va passar per davant de la porta. Allò el va acabar de paralitzar, el va deixar amb els dits engarrotats, incapaç de prémer cap de les icones de la pantalla tàctil, pensant que havia arribat el final.

Ja no hi havia cap dubte: algú havia entrat al pis. I no tenia bones intencions. Si hagués recordat alguna oració, en Jonathan s'hauria posat a resar en aquell moment.

Al cap de dues hores, quan els seus pares van tornar, no van tenir cap dificultat per obrir la porta principal. El forrellat no estava passat i el llum es va encendre així que van accionar l'interruptor. Tot estava en ordre. Excepte un detall: el seu fill havia desaparegut.

http://2_LA SOPA DE VERDURES DE LA TIETA LIZ

El rellotge marcava les 20:07, cosa que significava que faltaven exactament 23 minuts perquè Nerea Wells hagués de seure a sopar. Ni 22, ni 24, sinó justament 23. El motiu pel qual la seva tieta Liz servia cada vespre el sopar a les 20:30 en punt era que a les 21:00 començava el seu telenotícies preferit. I és que, si hi havia res que la seva tutora, la dona que s'havia convertit en la seva mare adoptiva des que els seus pares havien mort, no es perdia mai eren les notícies, les quals li exigien tanta concentració que hi posava els cinc sentits. Per tant, a les 20:58 el menjar havia d'haver estat empassat, la taula desparada i els plats rentats, perquè a les 20:59 ella es pogués plantar davant del televisor a l'espera de la musiqueta que indicava l'inici del seu informatiu.

La Liz volia estar al dia de tot allò que passava a tots els racons del planeta. Era gairebé una obsessió, un ritual que li estructurava la jornada, una manera de consolidar aquella rutina que li agradava tant. Sovint deixava anar davant de la seva neboda frases com «El qui no s'interessa pel que passa al món no és que sigui un ignorant, és que no té món», i després deixava anar una riallada ben sorollosa, ben orgullosa del joc de paraules que acabava de fer. Però també tenia màximes més profundes, com «Viatjar és car, però saber és de franc», «La cultura no sols és gratuïta, sinó que a més és nutritiva» o «Només entens la realitat si en coneixes els adorns».

De vegades la Nerea es preguntava si aquella puntualitat malaltissa, aquella obsessió totalment exagerada d'asseure's davant del televisor just quan començaven les notícies, no es devia al fet que sota la pell de la seva tieta en realitat s'amagava un robot programat per servir el sopar amb una precisió digital. Era tan gran aquell dubte que alguns cops, quan la Liz es quedava adormida al sofà, la Nerea sentia la temptació d'aixecar-li la samarreta a la recerca de circuits elèctrics o de tocar-li el crani per comprovar si li sortia algun cable entre la cabellera. Tampoc l'havia vist mai amb poca roba o en remull, cosa que feia augmentar les seves sospites. La seva tutora assegurava que tenia al·lèrgia als raigs de sol i, com que una gitana li havia llegit la mà de nena i li havia profetitzat que moriria ofegada, mai no s'havia banyat al mar. De fet, pronunciar la paraula *mar* davant d'ella era pitjor que cridar «foc» en una botiga de mobles.

Ara quedaven 21 minuts per al sopar. Tic-tac. Tic-tac.

Tic-tac. Amb aquell marge de temps tan escàs, la Nerea havia de triar entre tres opcions: primera, acabar els deures de Llengua (la més urgent, però la menys engrescadora); segona, fer una dutxa ràpida (la més necessària, però també la més molesta), i tercera, escoltar per enèsima vegada aquella tarda el CD de Devils in Pekin (la menys responsable, però també la més divertida). Que senzill que seria el món si es poguessin fer tres coses alhora! De vegades la Nerea es preguntava com era que no havien inventat un iPod submergible, o un ordinador apte per a banyeres, o un telèfon mòbil que funcionés sota l'aigua. La Nerea no entenia per què les empreses tecnològiques s'entestaven a treure cada any nous models dels seus aparells en comptes de resoldre els problemes més urgents de la humanitat, com podien ser els que complicaven la vida d'una nena de tretze anys amb molta feina i poc temps. En cas que algun dia tingués poder, certs assumptes millorarien una barbaritat.

Quan el sentit del deure, que tenia molt arrelat, estava a punt de fer-la seure per enllestir els deures de Llengua, un sorollet la va avisar que li havia entrat un missatge al telèfon mòbil. Podia ser un SMS de la Brigid, l'única amiga que també tenia mòbil, o bé del seu germà Alex, amb el qual de tant en tant intercanviava frases a través del telèfon que la seva tutora li havia comprat feia poc.

Tot i que era cert que la tieta Liz podia mostrar comportaments d'allò més estrafolaris, també ho era que aquelles rareses quedaven compensades per una generositat sense límits. A la Nerea l'omplia de capricis, entre els quals hi havia el telèfon mòbil que tenia entre les mans. La Liz veia amb bons ulls qualsevol mecanisme que augmentés les possibilitats que s'estigués ben informat, motiu pel qual la Nerea, davant l'admiració dels seus companys de classe, sempre tenia les últimes tendències en aparells tecnològics. Una altra cosa era que després els fes servir per «estar informada», ja que ella s'estimava més utilitzar-los per divertir-se trucant o enviant missatges a l'única amiga que també tenia accés a aquells trastos. I allò va ser precisament el que va passar aquell vespre, quan va rebre el missatge de la Brigid, amb la qual la Nerea va intercanviar, durant els 17 minuts següents, una bona pila de SMS sobre Devils in Pekin i sobre en Brian, un noi del qual la Brigid estava enamorada i que a la Nerea li semblava tan interessant com el cordó d'una sabata. I així estava quan, a les 20:30, no a les 20:29, ni a les 20:31, la veu de la tieta Liz va ressonar per tot el pis informant que el sopar era a taula.

—No m'ho puc creure! —va exclamar la Nerea fent mala cara, com si hagués vist un gnom patinant sobre el plat.

—Què no et pots creure? —va contestar la tieta Liz amb posat distret, tot i que sabia perfectament a què es referia la seva neboda.

—Ahir ja vam prendre sopa de verdures per sopar!

—T'equivoques. Va ser abans-d'ahir que vam prendre sopa de verdures; ahir, puré de patates, i avui repetim la sopa de verdures. Menja-te-la, que m'ha quedat molt bona... i no és perquè ho digui jo.

—I qui ho diu, si no?

—Doncs tu d'aquí a un segon, si ets una nena sincera.

—No podríem prendre alguna cosa més sòlida de tant en tant? —va replicar mentre atansava la primera cullerada a la boca.

—Mira-t'ho d'una altra manera: pensa que ets ben afortunada, perquè, si haguessis nascut en qualsevol país pobre dels molts que hi ha al món, no et podries prendre una sopa tan nutritiva.

La Nerea sabia que no hi havia manera de discutir amb la seva tieta. Per començar, perquè el 99 per cent de les vegades tenia raó. Semblava que tingués resposta per a totes les seves queixes i el que deia acostumava a ser ocurrent, fins i tot divertit, quan el més fàcil per a ella hagués estat fer cara llarga i obligar-la a menjar sense protestar. De manera que la Nerea va començar a prendre's la sopa, en realitat força bona, tot i que no li ho va confessar fins que es va haver acabat el plat. Allò va passar a les 20:48, moment en què va començar a desparar taula i a rentar els plats abans que comencés el sagrat telenotícies. Quan el rellotge va marcar les 21:00, va escoltar la musiqueta que anunciava l'inici de les notícies i va pensar que si més no hi havia un cert ordre en l'univers.

La primera cosa que va fer la Nerea en entrar a la seva habitació va ser alimentar en Pancraç, el peix de colors que li havia comprat la tieta Liz en homenatge a aquell altre peix que el seu pare li va prometre que li regalaria poc abans del fatídic accident de trànsit en el qual va morir, juntament amb la seva mare, feia dos anys.

La Nerea mai no en parlava; sobre allò era una paret infranquejable. Ni tan sols amb la Liz, que durant els primers mesos, quan va haver d'assumir la tutela dels seus dos nebots, l'Alex i la Nerea, es va esforçar d'una manera sobrehumana per fer que recuperessin el somriure, una cosa que només es va produir amb el pas del temps i després d'aplicar-hi unes dosis extraordinàries de paciència. Malgrat això, el caràcter de la Nerea mai no va tornar a ser el mateix. Pots tornar a enganxar els trossos d'un gerro trencat, però mai en podràs dissimular les esquerdes. De vegades es tancava a la seva habitació, a les fosques, i plorava durant hores. Altres vegades, mentre mirava la televisió, la cara se li enfosquia de cop, com si la pena se li hagués ficat a l'esperit, i s'abraçava els genolls, i amagava la cara entre les cames, i intentava dissimular les llàgrimes, però les espatlles li pujaven i baixaven al ritme dels seus sanglots. Quan allò passava, la tieta Liz se li asseia al costat i, sense dir-li ni una paraula, l'abraçava.

L'última vegada, la Nerea li va demanar que li ensenyés de nou l'àlbum de fotos familiar. Van estar mirant plegades les instantànies en què els seus pares apareixien somrients, al costat dels seus dos fills, plens de vitalitat. Mentre miraven aquells retrats, la tieta Liz va explicar a la Nerea coses sobre els seus progenitors que la seva neboda coneixia de sobres, però que no es cansava d'escoltar: el dia que es van casar, la manera en què parlaven dels seus fills davant dels amics, els plans de futur que tenien... També li va explicar aquella història que li agradava tant: la de la nit en què es van conèixer, quan el seu pare va haver de clavar una bufetada a un borratxo que, enmig d'un bar, va intentar fer un petó a la que seria la seva futura esposa. A la Nerea li encantava aquella anècdota perquè li permetia fantasiejar fins a l'exageració. Així, mentre la Liz li explicava la història a cau d'orella, ella s'imaginava el seu pare, un jove fort i decidit, entrant en aquell bar de mala mort semiclandestí, una mica fosc, ple de mariners beguts. La seva mare estaria asseguda en un racó a la penombra, amb una copa sobre la taula, mirant l'home que acabava de passar per les portes dobles que donaven accés al bar. Llavors ell es fixaria en ella i, pam!, l'amor els travessaria com un raig procedent del cel. Després apareixeria el borratxo, sens dubte un ésser menyspreable amb una olor que tirava d'esquena, i s'acostaria a la dona del racó, l'agafaria pel canell amb força i l'obligaria a aixecar-se. Quan intentés fer-li un petó sense el seu consentiment, algú l'aturaria. Aquest algú seria el pare de la Nerea, que clavaria una empenta al borratxo contra la barra i li donaria una bufetada, no, millor un cop de puny!, en tota la cara. A continuació, el jove fort i decidit preguntaria a la dona solitària si es trobava bé i ella li donaria les gràcies fentli el petó que havia negat a l'altre. Així deformava la imaginació de la Nerea la història que li explicava la seva tieta, la qual la premia amb més força i això els permetia recordar, abraçades, els qui se n'havien anat. Curiosament, mirar les fotos no l'entristia; ben al contrari, la reconfortava.

El segon que acostumava a fer la Nerea després de sopar era posar-se el pijama, tot i que aquella vegada, com que dubtava si es dutxaria o no, ho va ajornar. No oblidava que havia deixat els deures per enllestir, però hi havia una tasca que tenia preferència sobre totes les altres, fins i tot per davant d'escoltar els Devils in Pekin.

Des que el seu germà Alex havia començat la carrera de Filosofia i se n'havia anat a viure a una residència universitària, cada vespre s'escrivien a través del Facebook. La Nerea no ho volia admetre davant d'ell ni de la seva tieta, però trobava moltíssim a faltar l'Alex. Malgrat els sis anys de diferència, sempre havien estat molt units. Després de la mort dels seus pares, l'Alex s'havia dedicat més a cuidar-la i a jugar amb ella, i va demostrar que mai no es convertiria en el germà manaire o menfotista que acostumaven a tenir les seves amigues, sinó que sempre seria una mena d'escut protector, de cinturó de seguretat, de mapa amb el qual guiar-se en l'ardu camí de la vida. De fet, una vegada li va dir que sempre podia comptar amb ell. Li ho va jurar al cementiri el mateix dia que van enterrar els seus pares sota una pluja infernal.

La Nerea recordava perfectament aquella tarda: els familiars vestits de negre, el cotxe fúnebre, les corones de flors... Va ser el dia més trist de la seva vida però, de sobte, quan un dolor terrible li oprimia el pit, el seu germà li va posar les mans a les galtes i li va jurar pel més sagrat que mai, sota cap circumstància, no la deixaria de banda. I aquella promesa feta davant de la tomba dels seus pares es va convertir en l'únic que va poder treure una mica de desolació al món en un moment tan espantós.

La Nerea entenia que el seu germà s'estimés més viure en un campus universitari, ja que el sistema educatiu feia necessari que s'instal·lés a la residència situada al costat de la facultat, però se sentia una mica dolguda perquè en el fons considerava que en aquella decisió hi havia una mica d'abandonament. D'aquí que li hagués fet jurar que, durant els seus anys a la universitat, estarien en contacte permanent. I així havia estat. Cada dia un d'ells llançava un missatge pel Facebook que l'altre contestava abans que no passessin vint-i-quatre hores. Cap dels dos no havia fallat mai, i l'Alex, demostrant que les seves promeses eren sagrades, acostumava a ser el primer a escriure.

Aquell vespre la Nerea va encendre l'ordinador i es va connectar a la xarxa social. Mentre s'obria la pàgina, va recordar amb un somriure el missatge que el vespre anterior l'Alex li havia enviat després de saber que ella es volia apuntar a classes de paracaigudisme. El text acabava amb aquestes paraules: «Sempre has estat molt valenta, Ungletes». Li deia «Ungletes» pel costum que tenia de rosegar-les ungles des que era ben menuda. Evidentment, ell també tenia un renom, resultat del seu somni fracassat de convertir-se en astronauta. De manera que aquell vespre, després de comprovar que l'Alex encara no li havia enviat cap missatge, i estranyada per aquell oblit, la Nerea va escriure: «Estimat Saturn...».

http://3_EL RAPTE D'EN SATURN

Alex Wells es va despertar amb un mal de cap horrorós. La foscor imperava al seu voltant i el terra vibrava com si estigués estirat sobre el sostre d'un vagó de tren. Mai no s'havia despertat amb el cos tan entumit i una sensació de mareig tan espantosa. Va voler posar-se una mà al front per comprovar si tenia febre, però alguna cosa li va impedir moure els braços. No va trigar a entendre que tenia les mans lligades amb una corda que li baixava al llarg del cos fins a formar un altre nus als turmells. Estava lligat i una bena li cobria els ulls!

«Però, què diables passa!», va pensar.

Durant uns quants minuts va mirar de desfer-se de la soga, però, per més que ho intentava, no se'n sortia. També es va voler arraulir, adoptant una posició fetal, per arribar a la bena dels ulls amb els dits. Però, com més estirava els braços, més es tensaven els dos nusos que el lligaven. Al final, en veure que no es podia alliberar, va parar atenció als seus altres sentits, en especial a l'oïda, per mirar d'esbrinar on era. El terra continuava vibrant i un rugit constant rebotava contra les parets, probablement metàl·liques, que formaven el receptacle on l'havien deixat.

De sobte la sala va fer una mena de salt i l'Alex va rebotar contra una de les parets laterals. Es va clavar un cop al cap que el va deixar encara més atordit. Tot seguit va sentir un cop de botzina i algú que cridava. Ja no en tenia cap dubte: estava lligat de mans i peus i emmordassat a la part del darrere d'una furgoneta que devia circular pel centre de la ciutat.

Les nàusees augmentaven a mesura que s'adonava que era víctima d'un segrest. Era una idea del tot absurda, una cosa que només passava a les pel·lícules, però no se li acudia cap altra possibilitat. Qui dimonis el voldria raptar? La seva família, en realitat formada per la seva tieta Liz i la seva germana Nerea, no tenia gaires diners, així que descartava que algú pretengués un rescat per un simple estudiant de Filosofia sense més estalvis que les restes d'una beca d'escassa dotació. És clar que, pensant-hi bé, potser aquell home no pretenia demanar diners als seus parents, sinó a la universitat o a l'ajuntament, i en aquest cas podia suposar que el seu segrestador pertanyia a una banda organitzada o fins i tot a un grup terrorista. Aquesta possibilitat també li va semblar desenraonada, ja que mai havia llegit cap notícia —i ell n'estava ben informat, com li havia inculcat la seva tieta— sobre un segrest a un estudiant del seu país per motius polítics. Així doncs, va buscar al seu cap ben masegat altres causes per les quals es podria trobar en aquella situació, fins que va caure en una opció molt més plausible.

L'Alex estudiava primer de Filosofia i feia poc havia ingressat en una residència, on havia conegut en David, el seu company d'habitació. Aquell noi, un alumne de quart de carrera que havia anat aprovant els exàmens més per la seva traça a amagar notes que no pas pel seu esforç intel·lectual, s'havia mostrat força antipàtic des del dia que s'havien conegut. Més que antipàtic, estúpid i fins i tot una mica perdonavides. L'Alex recordava que, mentre ell desfeia la maleta, en David va entrar a l'habitació i, així que el va veure, va dir:

—Mira qui tenim aquí, el passerell.

A l'Alex no li va agradar aquella rebuda. Va observar el nouvingut amb cautela, com qui estudia un giny incendiari, i es va guardar prou de verbalitzar la seva primera impressió.

En David era alt, prim i pèl-roig. Tenia una arracada en forma de creu a l'orella esquerra, s'havia deixat créixer les patilles uns quants centímetres per sota de les orelles i mostrava una cicatriu al centre del llavi superior. Semblava un noi brut, cosa que concordava amb el desordre que imperava a l'habitació. Però el pitjor no era el seu aspecte, ni les seves diferències amb la neteja, sinó els aires de superioritat que emanava, com si la seva condició de veterà li permetés mirar els altres per damunt de l'espatlla. Duia una samarreta a la qual havia retallat les mànigues, sens dubte amb la intenció de lluir aquells bíceps tan ben treballats al gimnàs. Un temps després, quan ja es van haver conegut millor, l'Alex va arribar a la conclusió que, si en David hagués dedicat el mateix temps a l'estudi que a cultivar el seu cos, s'hauria convertit en tot un intel·lectual. Però en aquella primera ocasió no va treure tantes conclusions. Simplement va dissimular la molèstia que sentia perquè l'hagués anomenat «passerell» i, mirant de ser amable, va oferir la mà al desconegut, el qual va respondre a aquella salutació amb una pregunta:

—Saps que tots els estudiants acabats de matricular han de passar una prova?

—Una prova?

—Bé, alguns en diuen prova, i d'altres, broma.

L'Alex sabia que a les residències universitàries, com abans a les casernes militars, s'havia posat de moda fer bromes pesades als estudiants nous. Devia estar rebent el primer avís sobre el que li venia al damunt.

—Quin tipus de broma?

—Ah!, això no se sap mai —va contestar en David mentre apartava l'Alex amb una empenta i es posava a revisar-li la maleta—. Un dia et llevaràs i passarà alguna cosa que no t'esperes. Potser aquest dia serà demà o potser d'aquí a un mes. La incertesa forma part del joc.

—Incertesa —va repetir l'Alex mentre veia com el seu company d'habitació treia les samarretes de la seva pròpia maleta i les llançava a terra amb tota impunitat.

—Sí, la deliciosa incertesa —va rematar en David fent una ganyota d'allò més perversa.

—I no hi ha manera de deslliurar-se'n?

El somriure d'en David es va transformar en una riallada i, movent el dit índex d'una de les mans, va indicar que no, que no n'hi havia.

—A més, la teva broma serà més cruel del que és habitual.

—Per què?

—Perquè el noi que l'any passat compartia habitació amb mi era molt estimat pels altres estudiants de la universitat. Un bon paio, sí senyor. I tu sembla que no li arribes ni a la sola de la sabata.

—Jo també puc ser molt simpàtic.

En David se'l va mirar de fit a fit abans de dir:

—Doncs no ho sembles.

Tot seguit va deixar de furgar-li la maleta, va anar cap a la porta i, abans de sortir, va dir en veu baixa:

—I recorda, nano, la broma arribarà quan menys te l'esperis...

I ara l'Alex es trobava a la part del darrere d'una furgoneta, lligat de peus i mans, sense poder veure res per culpa de la bena, nerviós davant la incertesa —de nou, la incertesa— que l'amenaçava.

Mirant d'entendre les circumstàncies que havien afavorit l'inici de la broma, es va esforçar per recordar com havia arribat fins a la furgoneta. Recordava haver estat davant de l'ordinador, a la seva habitació de la residència, cap a les 23:45. Dues hores abans havia rebut un missatge al Facebook de la Ungletes que començava amb el seu habitual «Estimat Saturn...» i que li explicava les vicissituds de la seva jornada escolar. Tot i que el normal hauria estat que ell hi respongués de seguida, no ho havia fet perquè havia d'enllestir un treball que un professor li havia manat de fer i, quan va haver acabat el treball, es va entretenir contestant altres missatges escrits per amics de la xarxa.

També va agregar uns quants coneguts, entre els quals hi havia alguns estudiants de la seva facultat, i un parell d'individus amb uns pseudònims que no va reconèixer, però que va agregar perquè va considerar que, si li demanaven l'amistat, devia ser per alguna cosa. Allò era l'últim que recordava. La resta era un buit, un espai en blanc durant el qual havia saltat de la seva habitació a aquell vehicle. Suposava pel mal de cap que algú li havia clavat un cop amb un objecte pesant mentre revisava els missatges del Facebook i que, aprofitant que s'havia quedat inconscient, l'havia traslladat fins al vehicle.

Al cap d'una estona, quan els braços i les cames ja se li començaven a adormir per culpa de la posició que la corda l'obligava a adoptar, el motor es va aturar. L'Alex va distingir perfectament el so d'unes claus que eren tretes del contacte, el cop de porta del conductor i el cruixit de la porta del darrere en obrir-se. Després va notar que algú li agafava les cames i li estirava el cos cap a l'exterior.

—Escolta, David, t'has treballat molt bé la broma —va dir—. Molt bé, nano, però ja n'hi ha prou, no et sembla que en fas un gra massa?

Ningú no va contestar. Simplement va notar que l'agafaven del braç i l'obligaven a caminar, sempre amb passes breus per culpa de les cordes que el lligaven. Tot i que no hi podia veure, el seu olfacte va detectar humitat i els colzes li van fregar les parets de l'estret passadís pel qual l'obligaven a avançar. El seu segrestador caminava a la seva esquena, perquè el passadís era massa estret per fer-ho al seu costat i, quan l'Alex s'aturava per por d'ensopegar, l'altre li clavava un cop de palmell al cap per indicar-li que continués avançant.

—Ostres, David, deixa'm anar d'una vegada —va insistir—. Això no té cap gràcia.

Llavors l'individu va fer que s'aturés. L'Alex va pensar que li traurien la bena i que una pila d'universitaris es riuria d'ell. Però, en comptes d'allò, va sentir la dringadissa del mateix manat de claus. Després va percebre el so d'un pany que cedia i el xerric dels golfos d'una porta. I, quan menys s'ho esperava, una mà li va clavar una empenta tan potent que l'Alex no va poder moure les cames a la velocitat del cos i va caure de morros dins d'una sala que, per l'olor i el tacte, devia estar totalment enfangada. Després, el silenci. Allò ja no era una broma pesada. Allò ja començava a fer por de debò.

Les orelles de l'Alex es van anar adaptant a aquella quietud fins a distingir alguns sons molt febles, probablement la respiració d'altres persones.

—Que hi ha algú? —va preguntar.

No va contestar ningú, però els sanglots al seu voltant van far palès que no estava sol.

—Que hi ha algú? —va repetir.

—Calla! —va fer una veu.

—Traieu-me la bena.

—Calla d'una vegada —va afegir una segona veu—. S'enfadarà.

—Traieu-me la bena, si us plau.

Unes mans van deslligar el nus de la tela que li cobria els ulls i unes altres van fer el mateix amb la corda que li oprimia els canells i els turmells. En veure's alliberat, l'Alex es va fregar els ulls amb força, intentant recuperar la visió, però tot continuava dominat per la foscor. Com a màxim va poder distingir tres, potser quatre ombres situades als racons d'aquella mena de masmorra on l'havien llançat.

—Qui sou? —va preguntar en veu baixa.

—Ostatges.

—Ostatges?

L'Alex es va atansar a un d'ells, però, quan va estirar la mà per tocar-lo, aquest es va estremir, va doblegar encara més els genolls i va fer un gemec aterridor.

—Deixa-la —va dir una veu des d'una altra cantonada—. S'està tornant boja, com tots nosaltres.

—Però... quant de temps fa que sou aquí? —va preguntar l'Alex.

—Jo fa més de tres setmanes que sóc aquí —va dir la mateixa veu—, i ella, unes dues setmanes...

—I jo, deu dies —va afegir una segona veu.

L'Alex no podia creure el que sentia. Estava tancat en una masmorra fosca amb tres persones més, una de les quals feia tres setmanes, ni més ni menys que tres setmanes, que estava ficada allà dins.

—Però...

Abans que pogués continuar, un punt de llum, gairebé

una fletxa, va esquinçar la foscor de la cel·la. Quan l'Alex es va girar per descobrir la procedència d'aquell focus de llum, va veure que el seu segrestador havia obert l'espiell des de l'exterior i va distingir clarament un ull que mirava pel foradet. Tenia la nineta gran, més negra que un pou, amb les venes al voltant de l'iris tan marcades que semblaven dibuixades amb retolador. En aquell moment, els altres segrestats es van arraulir a les seves cantonades i el pànic els va transformar la cara. Al cap de pocs segons, l'espiell es va tancar de nou.

—Llavors, no és una broma? —va preguntar l'Alex als seus companys de captiveri amb la desesperació que se li enfilava per la gola.

—Ja ens agradaria que ho fos —va dir una de les angoixades veus.

http://4_**NIETZSCHE AL TELÈFON**

Tot i que aquella tarda havia tingut classe de Gimnàstica i tot i que, per tant, estava cansadíssima, la Nerea no podia agafar el son. Durant més de dues hores es va estar embolicant amb els llençols a força de canviar de postura desenes de vegades, colpejava el coixí en un intent per estovar-lo en el punt exacte que necessitava el seu cap i es va arraulir en totes les posicions possibles amb el desig de trobar-ne una que li calmés els nervis. Però continuava neguitosa. Volia destrossar el matalàs a dentades i els ulls, sempre oberts, li coïen. Quan va mirar el despertador per enèsima vegada, marcava la 01:36 AM.

Havia recorregut a totes les tècniques per agafar el son. Va començar comptant xais, però es va cansar de ferlos saltar la tanca i se'ls va imaginar pasturant tranquillament en un prat molt bonic; després va posar-hi un gos molt bufó que els vigilava i al qual va afegir un llacet rosa al cap i, quan va fer-hi aparèixer un pastor ben plantat per l'horitzó, va saber que la cosa se li havia escapat de les mans. Llavors va provar de posar la ment en blanc mentre respirava profundament, però de seguida va començar a enumerar altres objectes amb una puresa cromàtica idèntica, com una bola de neu, un plat de nata, un ós polar, etc. Al cap de pocs minuts estava psicològicament exhausta, com si fes hores que estigués competint amb un albí en un concurs de rapidesa mental. També va intentar controlar la respiració, però allò la va posar encara més nerviosa. Anava massa ràpida o massa lenta?, havia de respirar amb els pulmons o amb l'abdomen?, pel nas o per la boca?...

Tots els mètodes per fer venir el son li semblaven una estafa. No es podia descartar que funcionessin amb altres persones, però a ella no li resultaven eficaços. Potser n'havia d'inventar un de propi. Hi va estar pensant una estona mentre continuava fent voltes al llit. Fins que... eureka! Intentaria enganyar el seu cervell fent-li creure que estar desperta en realitat era estar adormida. Si el seu cervell s'ho empassava, si prenia la vigília per son, si confonia una cosa amb l'altra, potser activaria el botó de despertar produint l'efecte contrari, és a dir, dormir. «Mira que llesta que sóc», va pensar amb un somriure. El rellotge marcava la 01:58 AM i, quan va haver provat aquella tècnica durant una estona el va tornar a mirar i ja eren les 02:25 AM. No havia aconseguit enganyar el seu cervell i allò, sumat a tots els esforços que havia fet abans, la va fer sentir ridícula.

El motiu pel qual la Nerea no podia aclucar l'ull era que havien passat més de vint-i-quatre hores des que havia enviat el missatge del Facebook a l'Alex, i aquest encara no li havia contestat. Cap dels dos no havia fallat a la cita des que en Saturn va abandonar la casa de la seva tieta per instal·lar-se en aquella residència universitària feia quatre mesos. Encara que estiguessin molt atrafegats o encara que haguessin hagut d'anar-se'n a dormir molt tard, sempre havien trobat un moment per connectar-se. Tot i tenir tasques més urgents, la Nerea s'ho feia venir bé per entrar uns minuts a la xarxa social i enviar unes paraules al seu germà abans de ficar-se al llit. I li semblava impossible que l'Alex trenqués el pacte sabent com n'era, d'important, per a ella, establir aquell contacte diari, encara que fos breu i beneit.

Això no obstant, la Nerea no es volia comportar com una histèrica, així que va maldar per calmar-se i concedir al seu germà més marge de temps. Segurament li devia haver sorgit un imprevist, com ara un examen sorpresa o, encara pitjor, una noia. O potser l'ordinador se li havia espatllat al mateix temps que el mòbil se li havia quedat sense bateria, i l'havia deixat totalment incomunicat. Estrany, sí, però possible. Fos com fos, la Nerea va decidir que no es comportaria com una ximpleta que munta un drama de seguida i va acceptar que en Saturn, ara immers en una nova vida, tenia coses més importants a fer que xerrar amb la seva germana petita. De ben segur que l'endemà tot s'aclariria i rebria un missatge encapçalat per un «Ungletes», aquell renom que la feia enfadar però que ara enyorava com un nàufrag troba a faltar terra ferma.

Finalment, la Nerea va caure adormida quan el despertador marcava les 02:48 AM. Al cap i a la fi, cap tècnica no havia aconseguit el miracle. Ni els xais, ni el color blanc, ni les trampes. Sinó el cansament, que a l'últim la va submergir en el son com un cocodril que s'enfonsa a les profunditats d'un pantà.

Però, l'endemà, tan bon punt es va despertar, va reaparèixer la preocupació per l'absència de missatges del seu germà. La Nerea es va llevar d'un bot i, sense posar-se ni tan sols les sabatilles, es va plantar davant de l'ordinador, va entrar al Facebook i va mirar si havia rebut cap correu.

No n'hi havia cap.

A continuació va estudiar la pantalla del telèfon mòbil, a veure si hi trobava un SMS, i es va endur un altre desengany. Decebuda, va observar el retrat del seu germà que tenia a la tauleta de nit, al costat d'aquella altra fotografia dels seus pares, i li va treure la llengua. Estava realment enfadada amb en Saturn i no pensava perdonar-lo amb facilitat.

Al cap d'uns minuts, mentre la Nerea intentava prendre's per esmorzar el seu habitual bol de cereals amb llet, la tieta Liz va aparèixer per la cuina per beure un suc de taronja i sortir disparada cap a la feina:

—Quina cara que fas, noia. Sembla com si un vampir s'hagués colat a la teva habitació i no t'hagués deixat aclucar l'ull.

—No ha estat un vampir, sinó un marcià de Saturn —va contestar, irònica, la Nerea.

Es va passar tot el matí absorta en els seus pensaments, flotant en una barreja de nervis, preocupació i dubtes, rosegant-se les ungles i intentant recordar què havia somiat. Tenia una vaga imatge de cocodrils i pantans, però no n'estava segura... Els professors la van haver d'avisar un parell de vegades en adonar-se que no parava atenció i un d'ells, el de Matemàtiques, es va veure obligat a cridar-la pel nom fins a tres vegades per fer-la sortir del seu capficament. Tot i així, va ser la primera a entrar a l'aula d'Informàtica i, abans que el mestre arribés, va seure davant d'un ordinador i, infringint les normes de l'escola, va entrar a la pàgina del Facebook per comprovar una vegada més que el seu germà no li havia escrit.

Encara que no sabia si la vida universitària havia convertit en Saturn en un dormilega, va esperar fins al descans següent per trucar-li al mòbil i preguntar-li què passava, per què s'havia oblidat d'ella, quan pensava contestar els seus missatges... Així que, quan va sonar el timbre que indicava el final de la classe d'Informàtica, en va sortir cames ajudeu-me, es va amagar al lavabo i va marcar el número de l'Alex. Després d'uns quants sons, va saltar aquell insuportable i repel·lent missatge del contestador en el qual, després de disculpar-se per no estar disponible, en Saturn citava un tal «Nitxe». La Nerea sabia que aquell «Nitxe» era un d'aquells filòsofs que tant flipaven l'intel·lectual del seu germanet, però en aquells moments estava tan nerviosa que el nom li va fer pensar en un escriptor plom que segurament havia escrit coses tan avorrides com incomprensibles. El missatge de l'Alex deia: «En temps moderns, l'etern retorn de Nietzsche no és altra cosa que la metàfora sobre la necessitat de tornar-me a trucar tantes vegades com calgui perquè, al final, em localitzis».

A la tarda, així que va arribar a casa, va anar de seguida cap a l'ordinador. De nou, res de res. Cap missatge al Facebook, cap correu al Hotmail, cap trucada a l'Skype. Simplement, res. Evidentment, les seves ungles van pagar les conseqüències d'aquella situació tan estranya. Se les va estar rosegant una bona estona, fins que no es va poder aguantar més i va sortir de l'habitació per ficar-se en la del seu germà, que continuava tal com ell l'havia deixada quatre mesos enrere.

No sabia gaire bé què hi buscava, però va començar a furgar-ne els calaixos, a revisar les carpetes i, al final, va aconseguir una agenda de telèfons antiga, probablement de feia més de sis anys, quan l'Alex encara no tenia mòbil. Va estar mirant els noms que figuraven a la llibreta i es va plantejar seriosament la possibilitat de trucar a algú per preguntar-li si sabia res del seu germà. Però, fent un últim esforç, va decidir esperar fins al vespre per comprovar si en Saturn contestava d'una vegada per totes el seu missatge del Facebook. Al cap i a la fi, no es deia sempre que la policia no considerava algú desaparegut fins que no passaven quaranta-vuit hores?

De tota manera, la impaciència la consumia. Sobretot perquè tenia un pressentiment. Un de color tan negre com la gola d'un llop. Un de tan profund, tan insistent, tan premonitori que, de cop i volta, la Nerea es va posar a escriure una nota on mentia a la seva tieta Liz i li deia que se n'havia hagut d'anar a casa de la Brigid i que la mare d'aquesta la duria a casa de nou amb cotxe cap a les 20:00. Després va obrir el calaix del seu escriptori, en va treure el sobre amb els diners estalviats per al pròxim concert de Devils in Pekin i va sortir de casa amb la idea d'anar fins a la residència universitària on vivia el seu germà, a l'altra punta de la ciutat.

Mentre esperava que passés algun taxi, va intentar trucar un cop més al mòbil d'en Saturn. I, de nou, el «Nitxe» dels nassos.

http://5_L'OMBRA D'UNA PISTA

El taxista l'observava pel retrovisor i la Nerea pensava que hi havia alguna cosa estranya en la seva mirada. Acostumada a anar a l'escola amb autobús, se sentia incòmoda en el cotxe d'un desconegut que, a sobre, aprofitava els semàfors per escrutar-la amb tot detall, com si li passés pel cap alguna idea malvada o com si amagués un secret que, en cas de ser revelat, podia deixar la seva passatgera de pasta de moniato. De tal manera que, per un moment, la Nerea va pensar que aquell home sabia on era el seu germà, que li amagava una pista fonamental per aclarir el misteri, que coneixia els perills que sotjaven en Saturn. Tot i que, pensant-ho bé, el més probable era que el conductor no en sabés res de res i que en realitat ella fos víctima d'un atac de paranoia motivat pel nerviosisme que la dominava.

Així doncs, farta de l'actitud del taxista, va decidir mirar per la finestreta i fixar-se en la gent que passava pel carrer, persones concentrades en els seus pensaments, alienes a la desaparició de l'Alex, despreocupades per les coses que amoïnaven una nena que, infringint les normes de la seva tieta, viatjava tota sola en taxi. De tant en tant la Nerea detectava algun vianant que se la quedava mirant des de la vorera. De vegades eren persones molt serioses que l'escrutaven com si li volguessin llegir el pensament. Altres vegades, transeünts que somreien quan la veien abocada a la finestreta d'aquell vehicle i que li feien l'ullet sense que la Nerea pogués saber si la saludaven o si se'n reien. I fins i tot hi va haver un individu, esparracat i malforjat, que va aprofitar el semàfor per acostar-se al taxi amb les mans cap endavant, com si volgués agafar el coll de la passatgera i escanyar-la fins a la mort. Per sort, el semàfor es va posar verd abans que aquell boig la pogués agafar, però allò va impressionar tant la Nerea que no va aconseguir treure's la por del cos durant la resta del viatge i, molt espantada, va maleir l'hora que havia decidit emprendre aquella aventura sense cap altra companyia que la seva pròpia ombra.

Quan el taxista es va aturar davant de la residència universitària, la Nerea va pagar el trajecte i va baixar del vehicle. Després, va caminar fins a l'entrada de l'edifici i, abans de travessar la porta i seguint una intuïció, va girar cua i va descobrir que el conductor del vehicle que acabava d'abandonar la continuava mirant de fit a fit, ara amb un mig somriure a la cara i una cigarreta entre els dits. Després va arrencar i es va allunyar fent xerricar les rodes. Si la seva tieta Liz hagués vist tot allò, sens dubte hauria corregut a la comissaria més propera per denunciar el sospitós comportament d'aquell home. Tot i que també era veritat que, si hagués sabut que la seva neboda havia agafat un taxi tota sola, s'hauria volgut morir del disgust.

La seva tutora s'havia anat adaptant a la responsabilitat de tenir cura dels seus dos nebots amb lentitud, dedicació i bona voluntat, però allò no volia dir que s'hagués acostumat als maldecaps que els adolescents acostumen a provocar. Des de l'accident de trànsit que va posar fi a la vida dels pares de la Nerea i l'Alex, ella s'havia fet càrrec de tot sense dir ni piu i, tot i que sempre mostrava un somriure, de vegades sentia que la situació la superava. La Nerea n'era conscient, entre altres coses perquè alguna vegada l'havia enxampada plorant d'amagat, gairebé sempre al lavabo, asseguda a la vora de la banyera, amb les mans tapant-li la cara. Al cap i a la fi, no es podia oblidar que ella també havia perdut una germana en aquell accident. I és que, en observar les fotografies de l'àlbum, no es podia negar que la tieta i la seva mare s'havien estimat molt. Tanmateix, la seva tutora mai no havia permès que els seus nebots la veiessin abatuda, o si més no és el que creia, i sempre havia mostrat un gran somriure davant d'aquells noiets que, de la nit al dia, s'havien convertit en orfes. Per tot plegat, a la Nerea la preocupava molt donar un disgust a la seva tieta i aquella tarda, mentre passava la porta de la residència, es va jurar a ella mateixa que, passés el que passés, li evitaria tota preocupació.

L'edifici era un bloc de formigó ple de finestres rectangulars. Es tractava d'una antiga fàbrica reconvertida en residència universitària i, segons com es mirava, presentava un aspecte d'allò més sinistre, sobretot per la decrepitud de la façana i els maons escantellats que estaven a punt de caure. A més, aquella tarda els nuvolots s'havien concentrat sobre el recinte universitari i, llevat de taxis i autobusos, el trànsit havia estat tallat a causa d'unes obres, cosa que provocava un silenci desassossegant a tota l'illa de cases.

Per les finestres de les diferents habitacions s'entreveia, de tant en tant, la silueta d'algun estudiant que es movia darrere de les cortines, cosa que feia que semblés un cos amorf o una ombra indefinida, gairebé un esperit errant.

Malgrat tot allò, la Nerea es va armar de valor i va travessar la porta principal, que la va fer accedir a un vestíbul pel qual circulaven dotzenes de nois que feien un xivarri eixordador. De sobte va sonar una mena de sirena i tots aquells universitaris va interrompre les seves xerrameques, van desviar les trajectòries i van desaparèixer per les quatre portes que donaven accés a la zona d'aules. En un tres i no res la nouvinguda s'havia quedat sola.

En un dels extrems de la sala hi havia una caseta custodiada per un bidell. La Nerea s'hi va atansar amb cautela, encreuant els dits perquè no li posessin obstacles per entrar a l'habitació del seu germà, i es va plantar davant del conserge. Es tractava d'un home gras, d'uns cinquanta anys, amb una barba tan serrada que no se li veien els llavis i unes mans tan grosses que podrien partir un coco amb un cop de puny. Quan va veure la nena, va apuntar un gran somriure, que va mostrar unes dents ennegrides per l'abús del tabac i una llengua que semblava de paper de vidre.

—En què la puc ajudar, senyoreta?

—Busco Alex Wells. És estudiant d'aquesta universitat i resident del campus.

El conserge no es va deixar impressionar per la seguretat de la Nerea.

—I es pot saber qui el busca?

—Sóc la seva germana, Nerea Wells.

—Encantat de conèixer-la, senyoreta Wells —va dir el bidell al mateix temps que treia una de les mans, tan grossa com el cap de la nena, per la finestreta.

La Nerea va encaixar amb ell amb satisfacció. Normalment la gent gran li feia dos petons a la cara, i sovint l'hi deixaven plena de baves, però aquell home la tractava com una adulta. Després va observar que el conserge treia una carpeta d'un calaix i l'obria sobre la lleixa de la caseta.

—A veure... A veure... A veure... —repetia mentre passava el dit pels diferents folis—. Aquí el tenim: Alex Wells, habitació 248. Vol que li truqui jo o ho vol fer vostè mateixa? —va preguntar assenyalant-li el telèfon.

—Vostè. Digui-li que sóc aquí, si us plau.

—Vostè mana, senyoreta —va contestar aquell bidell que, malgrat el seu posat rude, mostrava una educació exquisida.

L'home es va estar enganxat al telèfon uns minuts, esperant que algú despengés. Mentrestant, mirava la Nerea i sovint li feia l'ullet en senyal de complicitat. Finalment va penjar:

—Doncs sembla que el seu germà no és a l'habitació. Deu ser a classe.

—El puc esperar al seu dormitori?

—Oh! Em sap greu, però no està permès.

—Però si sóc la seva germana.

—I jo el conserge, senyoreta, i no la puc deixar passar. Normes de la casa.

La Nerea va abandonar l'edifici capcota. La seva investigació sobre on era l'Alex havia fracassat a la primera i ella se sentia com un cotxe de carreres calat a la graella de sortida. No se li acudia com continuar les seves indagacions i va decidir donar-se per vençuda.

Ja estava furgant per les butxaques per comprovar si tenia prou diners per agafar un taxi de tornada quan li va venir al cap una de les frases que acostumava a repetir el seu pare: «Les dificultats fan més interessant el camí». Es va repetir per a ella mateixa aquella màxima i, de sobte, va experimentar una sensació estranya, com si una gran bafarada d'aire se li hagués colat als pulmons. I en aquell moment va saber que havia de continuar lluitant per resoldre el misteri de la desaparició del seu germà. Estava convençuda que aquella sensació que acabava d'experimentar no era altra cosa que el seu pare que venia a ajudar-la des de l'altre món. I es va sentir tan feliç en pensar que els seus pares la continuaven protegint, que continuaven al seu costat, que va estar a punt de posar-se a plorar. Però notar aquella presència no tan sols va fer que la Nerea recuperés l'ànim, sinó que també la va ajudar a entendre que a en Saturn li havia passat alguna cosa grossa. Si el seu pare li donava un cop de mà des del més enllà, sens dubte era perquè aquell assumpte tenia més gravetat que no semblava.

Amb les energies renovades va començar a idear un

mètode per accedir a l'habitació del seu germà sense que el conserge se n'adonés. I només se li va acudir una manera de fer-ho.

La Nerea va esperar cinquanta minuts per posar en marxa el seu pla. S'havia col·locat a la part exterior de l'entrada principal i cada dos per tres mirava el rellotge. Fins que al final va sonar la sirena que indicava el final de les classes, amb la qual cosa el vestíbul de la universitat es va tornar a omplir, com per art d'encantament, d'estudiants que caminaven d'una banda a l'altra mentre les seves veus envaïen el recinte. Aprofitant aquell enrenou, la Nerea es va colar al rebedor i, camuflada entre la multitud, va caminar sense que el conserge la pogués veure. Al cap de pocs segons, va arribar a la porta d'accés a la zona de dormitoris i va caminar pels diferents passadissos fins que va trobar la porta 248. Hi va picar.

—Endavant! —va cridar algú des de l'interior.

La Nerea es va sorprendre que hi hagués vida allà dins. Quan el bidell hi havia telefonat, ningú no havia contestat, però ara sorgia una veu de l'habitació. En obrir, va suposar que es tractava d'en David, l'impresentable del qual en Saturn li havia parlat a través del Facebook.

—Ostres! —va exclamar en David—. Un gnom.

En efecte, es tractava d'ell. La Nerea no va fer cas de la broma. Al cap i a la fi, ja l'havien avisada de com en podia ser, de cretí, aquell paio.

—Em dic Nerea i sóc la germana de l'Alex.

En David la va contemplar de dalt a baix i, tornant a mirar la revista que tenia a les mans, va dir:

—No n'hi ha cap dubte.

—Per què ho dius?

—Ets igual de lletja que ell.

Però la Nerea no pensava deixar-se intimidar i li va contestar:

—I tu, encara més imbècil del que m'havia dit el meu germà.

En David la va tornar a mirar per damunt de la revista, com si calibrés la força de la seva contrincant, i tot seguit va arronsar les espatlles fent veure que li importava un rave que l'haguessin insultat.

Considerant que havia guanyat la primera batalla, la Nerea es va sentir lliure per actuar com volgués, de manera que va entrar a l'habitació, va tancar la porta i va fer un cop d'ull al seu voltant.

El dormitori estava dividit en dues zones, amb un llit a cada banda. Al costat del llit del seu germà, que estava fet, hi havia una taula amb un ordinador i uns quants llibres. També hi destacaven dos pòsters: un del grup de rock Blood in the Sky i un altre d'una noia en biquini. Sense demanar permís a en David, la Nerea va inspeccionar l'armari, on hi havia unes quantes camises penjades, una pilota de futbol i, el més estrany, dos parells de vambes. Allò no era normal. L'Alex només tenia aquell calçat, per la qual cosa, llevat que s'hagués comprat un altre parell de sabates, havia desaparegut estant descalç. Allò podia ser una primera pista.

—El meu germà no ha dormit aquí, oi?

—No. I ha estat una sort, perquè els peus li canten més que el cor dels Nens Cantors de Viena.

—Saps on és? —va preguntar la Nerea sense fer cas de la brometa.

—Ni idea.

—Tenia classe avui?

Aquesta vegada en David ni tan sols es va dignar a mirar-la:

—A mi tant se me'n dóna el que facin o deixin de fer els passerells.

La Nerea va desistir d'intentar comunicar-se amb aquell indesitjable i va seure a la cadira de l'escriptori del seu germà, davant d'un ordinador ple d'adhesius de discoteques, retrats de filòsofs i, de nou, fotos de noies en biquini. L'aparell estava encès i, quan la Nerea va moure el ratolí, hi va aparèixer la pàgina del Facebook que l'Alex havia estat mirant abans de desaparèixer. Va refrescar el web per comprovar si hi havia hagut alguna actualització que li pogués donar una pista d'on era, però no hi va veure res d'interessant. Llavors va decidir fer clic a l'apartat de «Perfil», on apareixien els últims moviments fets pel seu germà a la xarxa social. Entre els diferents missatges que hi va veure, hi havia els que ella mateixa li havia estat enviant des de la nit anterior.

El primer deia:

Nerea, 13 de febrer de 2011 a les 22:15

Estimat Saturn:

Com t'ha anat el dia? Jo no he fet res d'especial, així que espero que tinguis més novetats que jo.

El segon:

Nerea, 13 de febrer de 2011 a les 23:02
Saturn, que no contestes?

El tercer:

Nerea, 13 de febrer de 2011 a les 23:35
Holaaaaa! On t'has ficat?

El quart:

Nerea, 14 de febrer de 2011 a les 00:34
Bé, me n'he d'anar a dormir. Espero que estiguis bé i que aviat donis senyals de vida. Mai no m'havies fallat, però suposo que la vida universitària t'ocupa massa temps per continuar fent atenció a la teva germaneta. Estic molt dolguda, però m'imagino que m'he d'anar acostumant al fet que ja no ocupo un lloc preferent a la teva vida.

Els missatges següents corresponien a aquell mateix matí i bàsicament eren un reguitzell de crides i retrets que havien caigut en sac foradat.

Nerea, 14 de febrer de 2011 a les 08:15
Bon dia, Saturn. Que hi ets?

Nerea, 14 de febrer de 2011 a les 08:30
A veure si et lleves d'una vegada, que me n'he d'anar a l'escola.

Nerea, 14 de febrer de 2011 a les 08:45
Dormilega, ets un dormilega.

Nerea, 14 de febrer de 2011 a les 09:00
Bé, me'n vaig a l'escola. Me'n deus una. Un petó (però amb mossegada que encomana la ràbia).

A continuació la Nerea va llegir els últims missatges escrits pel seu germà. N'hi havia uns quants destinats a una tal Mar, segurament la seva nova xicota, i d'altres a amics que no feien altra cosa que dir bestieses. També havia escrit alguns comentaris a missatges deixats per altres persones. I finalment havia agregat uns quants usuaris. El primer es deia Pol, el segon Eli i el tercer... algú que feia servir el *nick* de «L'Ombra» i que, en comptes d'una foto, havia penjat un pictograma:

Segons la cronologia de les accions fetes pel seu germà durant la jornada anterior, agregar L'Ombra era l'últim que havia fet abans de volatilitzar-se. Així doncs, la Nerea va fer clic sobre L'Ombra amb moltes ganes d'esbrinar qui s'amagava darrere d'aquell pseudònim, però en el seu perfil no hi havia cap dada d'utilitat: ni un nom real, ni una data de naixement, ni tan sols una ciutat d'origen... Res.

Després va repassar la llista de contactes de L'Ombra. Només hi havia cinc noms: Orson M., Cristina D., Jonathan V., Alex W. i algú que es feia dir «El nen de l'habitació».

La Nerea va anar fent clic sobre cada un d'aquells noms per veure si hi havia cap nexe d'unió entre ells, però l'únic que va descobrir va ser que tots cinc vivien a la mateixa ciutat. Tanmateix, hi va haver una cosa que la va alarmar. Quatre de les cinc persones havien deixat d'actualitzar el seu Facebook just després d'agregar-hi L'Ombra. El primer, Orson M., ho havia fet tres setmanes i quatre dies abans; la segona, Cristina D., divuit dies abans; el tercer, Jonathan V., onze, i Alex W., el seu germà, el dia abans. Era com..., com si tots ells haguessin desaparegut de la faç de la terra després d'haver-se fet amics de L'Ombra. Només un d'aquells usuaris, l'anomenat «El nen de l'habitació», havia continuat fent servir el Facebook després d'haver-hi agregat L'Ombra. Sens dubte, aquella persona sabia alguna cosa i la Nerea necessitava compartir aquella informació, així que va començar a escriure-li un missatge:

Nerea, 14 de febrer de 2011
«Hola, em dic Nerea...»

WWW. SEGONA PART

http://6_EL NOI TANCAT EN UNA HABITACIÓ

Un gos i la neu. Eren les dues coses que acudien més sovint al cap d'en Derek en els moments de feblesa, quan mirava cap enrere i recordava el dia en què tot va canviar.

El que li havia passat tenia molts noms. Els metges, per exemple, en deien «col·lapse nerviós» o «trauma psicològic»; els seus amics, «bogeria» o «bestiesa»; i la seva mare, simplement «tristesa». Però ell ho anomenava «Gran Boom», perquè aquell dia s'havia produït una explosió que havia posat la seva vida damunt davall.

El gos que sempre acudia a la seva ment era en Yuk, el labrador del veí que, ja feia força temps, en Derek s'encarregava de passejar cada tarda. Era un gos divertit. Bordava com un boig cada vegada que veia un uniforme, ja fos de policia, de carter o de bomber, no hi feia res, i acostumava a pixar-se a les rodes de les motos de gran cilindrada, mai de ciclomotors o bicicletes. Trobava alleujament únicament i exclusivament en els pneumàtics de les motos grosses, com si en una vida passada hagués estat atropellat per un motorista de llarga cabellera que rodés per les inacabables autopistes del desert d'Arizona. En Yuk també es divertia perseguint els coloms al parc i més d'una vegada en Derek havia hagut de disculpar-se davant d'algun dels avis que, assegut en un banc, tirava molles de pa als ocells.

L'última vegada que en Derek havia tingut contacte amb la llum del sol havia estat precisament una tarda que passejava el gos. Recordava el parc amb els nens perseguint la pilota en un caos de cames, xiscles i pols. Recordava els amos dels altres gossos que li preguntaven si en Yuk era mascle o femella, mentre els animals feien cercles ensumant-se el cul. També tenia algun record d'arbres sense fulles, una parada de castanyes i gent gran amb bufanda. També recordava que aquell dia havia hagut d'ajupir-se per lligar-se els cordons d'una de les vambes i s'havia topat amb la mirada d'una noia molt bonica amb una faldilla estampada de flors que li va quedar gravada a la memòria. Però sobretot recordava que, en un moment donat, va mirar l'edifici on vivia amb la seva mare i la seva germana i va tenir unes ganes irrefrenables de tornar a casa. De sobte, va sentir l'impuls de tancar-se a la seva habitació. Era una necessitat angoixosa, una rauxa impossible de frenar, una ordre llançada des de les profunditats del seu cervell. Es va començar a marejar. Els arbres, els avis i la parada de castanyes es van esborrallar, com si algú els amagués darrere d'una tela fosca, i una onada de calor li va envair el cos.

Qualsevol que s'hagués fixat en el pànic que reflectia la seva cara, la velocitat amb què es va posar a córrer i la força amb què estirava la corretja d'en Yuk, hauria pensat que li venia al damunt un tsunami. Però no era un tsunami, no. Era el principi d'un tancament entre quatre parets.

En Derek va entrar a la porteria com una exhalació, va pujar els graons de tres en tres, va lligar el gos al pom de la porta del seu veí i, panteixant, va passar el llindar de casa seva, va tancar la porta, va abaixar les persianes i es va ficar al llit sense ni tan sols despullar-se. Mai no s'havia sentit tan malament. No tenia ni idea del que li passava. No volia sortir de la seva habitació mai més. Havia començat la seva nova vida.

Des del Gran Boom fins al dia actual havien passat 3 mesos, 23 dies i 14 hores en què en Derek no havia tornat a sortir del seu dormitori. La simple idea de travessar el llindar de la porta l'aterria, li provocava suors i tremolors, i l'estremia de cap a peus. Tampoc no suportava contemplar el carrer, de manera que mai no descorria les cortines i l'habitació només es ventilava uns minuts al dia, mentre es dutxava (per sort, a la sala contigua hi havia un bany al qual s'accedia des de la seva pròpia habitació), moment en què la seva mare o la seva germana entraven al dormitori, obrien les finestres, recollien la roba bruta i deixaven els tres àpats del dia sobre l'escriptori. Els dissabtes tocava neteja en profunditat, cosa que obligava en Derek a estar-se al bany durant més de dues hores, esperant que tothom abandonés el seu cau. Li sabia greu el dany que estava causant als seus familiars, però el trastorn l'obligava a actuar d'aquella manera.

D'altra banda, hi havia l'assumpte de la neu. Des que havia esclatat el Gran Boom, en Derek tenia un somni recurrent en el qual baixava a tota velocitat per un pendent nevat. Estava tot sol en aquell paisatge muntanyós, sota un cel molt blau, flanquejat per un bosc de grans pins. Els esquís li lliscaven com dues fletxes al llarg del turó i ell estava ple de felicitat, se sentia lliure fins a rebentar, finalment gaudia del cel obert. Però el somni quedava interromput per l'aparició d'en Yuk, que de cop corria al seu costat i convertia al seu pas la neu en terra, en la mateixa terra que cobria el parc on abans el duia a passejar. Aquell paisatge nevat s'havia convertit en un tres i no res en el lloc on havia començat tot, on el va assaltar la por a l'exterior, on per primera vegada va sentir la necessitat de tancar-se. Llavors l'envaïa la por, la mateixa por d'aquella tarda, i es despertava amarat de suor.

I és que, de tot el que la seva reclusió l'havia obligat a sacrificar, trobava a faltar especialment el plaer d'esquiar. Ho enyorava tant que de vegades obria l'armari del dormitori i es quedava mirant el seu anorac. La il·lusió de tornar a pujar a un telecadira i baixar per una vall li retornava momentàniament les ganes de sortir a l'exterior, però així que fregava el pom de la porta les tremolors es tornaven a emparar del seu cos.

Lògicament, durant tot aquell temps havia visitat diversos metges o, més ben dit, uns quants psiquiatres l'havien visitat a ell, en veure la seva incapacitat per abandonar l'habitació. L'havien sotmès a diferents tractaments, alguns dels quals incloïen la ingestió de fàrmacs, però no havien aconseguit que el trastorn retrocedís gens ni mica. Fins i tot el va visitar una de les màximes autoritats en agorafòbia, el qual va concloure que en Derek havia caigut en aquell estat a causa de l'estrès i el sofriment que li havia provocat el divorci dels seus pares.

En efecte, sis mesos abans del Gran Boom el seu pare havia anunciat que se separava de la seva mare i que, a més, el veuria amb menys freqüència, ja que l'havien contractat en una empresa que duia a terme les seves activitats en un altre país. Una vegada al mes, el pare d'en Derek tornava per passar una mica de temps amb els seus fills, però allò no havia satisfet les seves necessitats afectives. A sobre, el seu germà, que en Derek idolatrava, se n'havia anat a estudiar a l'estranger feia dos mesos. Des de llavors, el seu rendiment escolar havia baixat moltíssim i s'havia distanciat del seu cercle d'amics.

De tant patir, al final va desenvolupar el que el metge va anomenar «la malaltia de la reclusió». En Derek havia estat sotmès a uns «nivells de negativitat» tan alts que havia sofert una mena de «curtcircuit mental».

—Perquè m'entenguin —va aclarir—, és com si la bateria que mantenia el motor del seu cap en funcionament s'hagués esgotat de cop i volta.

—Però, es curarà? —va preguntar la seva mare.

El metge va respirar profundament i va mirar en Derek:

—Tu et vols curar?

—Sí —va contestar el noi.

—Doncs llavors et curaràs.

—Però... quan? —va interrompre la mare.

—Miri, senyora, amb aquestes malalties no se sap mai. El seu fill ha de recórrer un llarg camí i ho ha de fer al ritme que ell mateix consideri necessari. Començarem una teràpia de seguida, però, hi insisteixo, el seu fill es curarà quan la seva ment estigui preparada per enfrontar-se de nou a la realitat.

En Derek va escoltar tot allò assegut al llit, abraçant-se els genolls, amb la cara amagada entre les cames. Però la mà del metge el va obligar a mirar-lo als ulls.

—Em promets que t'esforçaràs per sortir de nou al món? —va preguntar el psiquiatre.

—Sí.

Després d'allò, va suplicar a la seva mare que, fins que no estigués curat, ningú no tornés a entrar a la seva habitació. Ni tan sols ella. Perquè, encara que en Derek havia dit un sí molt rotund, la veritat era que no tenia gaires esperances de refer-se aviat.

Per començar, no havia compartit ni amb la seva família ni amb els metges el dolor que li havia causat un profund desengany amorós. Una noia de la qual s'havia enamorat profundament li havia fet miques el cor, un cop tan devastador que suposava que havia influït en el seu trastorn. Era un tema massa íntim que no es veia amb ànims ni forces de compartir amb ningú. Sabia que potser s'estava boicotejant a ell mateix, però hi havia llistons mentals que simplement no podia saltar.

Tanmateix, hi havia una cosa més que ho impedia, una cosa que no encaixava i que el posava a la defensiva.

Era difícil expressar-ho amb paraules i hi havia la possibilitat que tot es reduís a una paranoia seva, però en Derek sospitava de manera molt intensa que la seva mare també es guardava alguna cosa per a ella. De vegades l'havia sorprès que es produís un llarg silenci a casa sent-hi ella i la seva germana, com si totes dues s'haguessin retirat a alguna habitació a xiuxiuejar. A més, amb cada psiquiatre s'havia reproduït la mateixa escena: en un moment de la conversa la seva mare havia posat un CD en el reproductor de música, una cosa que feia molt poques vegades i òbviament mai quan tenia visites, i això aconseguia ofegar la conversa. Per acabar d'enrarir les coses, tots els metges, sense excepció, li havien preguntat si recordava alguna habitació que de nen li causés un gran impacte, potser una al camp?, potser una amb parets de fusta? Negativa rere negativa, un Derek confós i perplex intentava estirar-los la llengua per saber què volien dir, però tots ells fugien d'estudi o deien que no tenia cap importància.

No va poder deixar de pensar que en la seva infantesa va poder haver passat un episodi significatiu que la seva ment hagués bloquejat i que la seva mare custodiava amb zel, intentant mantenir-lo a l'ombra. S'estimava més no pensar-hi gaire, ja que tot plegat el desequilibrava massa.

Com havia previst, van passar els dies, les setmanes i els mesos i no va canviar res. En Derek continuava presoner a la seva pròpia habitació, sempre tot sol.

Per sort, no es va deixar vèncer per la mandra o l'avorriment. Conscient del risc de caure en la depressió o la bogeria, va entendre que havia de duplicar la seva activitat intel·lectual per no acabar trastocat entre aquelles quatre parets, i des del principi del seu tancament va estar fins i tot més actiu que quan trepitjava el carrer: combatia les hores mortes seguint una taula de gimnàstica que feia tres vegades al dia; estudiava les lliçons pel seu compte amb els apunts que li passava per correu electrònic l'únic amic de l'escola que s'havia preocupat per mantenir el contacte; llegia moltíssim, en especial històries de terror i de ciència-ficció; i, per damunt de tot, li encantava navegar per Internet. Aquesta afició l'havia dut a convertir-se en tot un expert en informàtica i, després d'aquells mesos tancat a la seva habitació, ja es podia comparar amb alguns dels *hackers* més populars de la xarxa. Per no ser objecte de xafarderies ni d'un interès morbós, s'havia creat un compte al Facebook sota el nom d'«El nen de l'habitació».

Aviat va passar a ser conegut a la xarxa a través de la pila de pseudònims que feia servir per a les seves pràctiques de pirateria informàtica i les seves gestes el van convertir en una petita llegenda. Per exemple, va obtenir i publicar les contrasenyes per entrar en totes les revistes digitals destinades al públic juvenil; també va poder colar-se a les pàgines oficials dels grups de música que agradaven més als «nens de papà» i canviar les fotos d'aquells ídols per imatges d'orangutans dormint; i va assolir fama internacional el dia que, en protesta per la mort d'un personatge en una de les sèries televisives més populars entre la gent jove, va filtrar a la xarxa el guió de l'últim capítol de la sèrie.

Però en Derek també feia un ús més relaxat d'Internet. Li agradava xatejar, enviar correus electrònics i escriure a la xarxa social. El nen de l'habitació actualitzava amb assiduïtat el seu perfil al Facebook. I va ser precisament al Facebook on va tenir el primer contacte amb un usuari que es feia dir L'Ombra.

Va rebre una petició d'amistat d'aquell personatge un matí qualsevol i, tot i que el renom suggeria alguna cosa tenebrosa, la va acceptar. El pictograma utilitzat per aquell usuari li havia semblat intrigant i va sentir curiositat per descobrir qui s'amagava darrere d'aquell nom. Tanmateix, així que el va haver agregat, mai no va rebre cap missatge per part seva, per la qual cosa simplement s'havia acabat convertint en un usuari més que estava a la seva llista d'amics. I probablement no hauria tornat a pensar en L'Ombra si la nit del 14 de febrer de 2011 no hagués entrat al seu compte del Facebook per trobar-se amb el missatge següent:

Nerea Wells vol que l'agreguis com a amiga.
«Hola, em dic Nerea i t'escric perquè el meu germà ha desaparegut. He trobat el teu nom entre una sèrie de gent que tenia agregat L'Ombra com a amic. L'últim que va fer el meu germà abans de deixar de donar senyals de vida va ser agregar aquesta Ombra a la seva llista d'amics. Si no m'equivoco, tots els qui la van agregar resten inactius. Tret de tu. Si us plau, posa't en contacte amb mi urgentment. Estic una mica espantada. Moltes gràcies.»

En Derek va fer un bot en llegir el missatge. Fins aquell moment no havia relacionat un cert incident esdevingut feia unes nits amb L'Ombra. Només ara, a través de les paraules de la Nerea, s'adonava que aquella situació estranya, aquell ensurt que es va endur poc després d'apagar l'ordinador, s'havia produït de manera consecutiva al fet que hagués agregat la persona que s'amagava rere el fosc pseudònim al seu compte del Facebook.

Confós i inquiet, va decidir que ja contestaria el missatge més endavant. Així que es va ficar al llit i, una vegada més, va somiar que esquiava.

Tanmateix, cap a les 03:24 es va despertar sobresaltat, víctima d'un malson en què una cosa intentava empassar-se'l mentre baixava per una pista totalment buida. Va sortir del somni just quan el pendent es convertia en un precipici al fons del qual s'estenia la foscor. Però no una foscor qualsevol. Sinó la d'una gran ombra amb la boca oberta.

http://7_UNA TROBADA SENSE CARES

Quan es va haver menjat el sandvitx de tonyina i tomàquet que la seva mare li havia preparat, en Derek es va connectar al Facebook i, després de pensar-hi uns minuts, va acceptar la sol·licitud d'amistat que la Nerea li havia enviat la nit anterior. El va deixar ben parat que ella reaccionés de seguida, perquè no havien passat ni dos minuts quan va rebre un missatge.

Nerea, 15 de febrer de 2011 a les 08:30
Que hi ets?

No hi havia dubte que la noia estava amoïnada de debò. La Nerea feia unes quantes hores que estava asseguda davant de l'ordinador amb els braços encreuats, esperant que El nen de l'habitació respongués el missatge que li havia enviat abans d'anar-se'n a dormir. Com que al seu cap no hi havia altra cosa que la imatge del seu germà passant-ho malament, no havia aconseguit dormir ni quinze minuts i s'havia passat hores en estat de vetlla, fent voltes i més voltes per l'habitació i cercant al Google pàgines on aparegués la paraula *ombra*.

Com és lògic, no havia fet altra cosa que perdre el temps, ja que els centenars de milers de webs que contenien aquell substantiu no li havien aportat cap dada útil que l'ajudés a aclarir el misteri sobre la identitat d'aquell estrany usuari. Tot i així, havia estat tan concentrada en la recerca que fins i tot s'havia oblidat de donar menjar a en Pancraç, que semblava mirar-la empipat des del vidre de la peixera, amb la boca en forma de «O» i les aletes en moviment constant.

En Derek, així que es va haver despertat violentament del malson, s'havia passat la resta de la nit pensant en el missatge que la Nerea li havia enviat. No descartava que es tractés d'una broma, potser enviada per un company de classe, un dels que s'havien burlat de la seva malaltia durant els primers dies del captiveri, algú que, a més, després d'haver investigat molt a la xarxa, havia descobert que sota el nom d'«El nen de l'habitació» s'amagava el seu antic amic.

Tanmateix, l'al·lusió al personatge anomenat L'Ombra per part de la Nerea li va fer desestimar la possibilitat que algú se'n rigués. El que el va intrigar més del missatge, el que realment va fer que s'hi interessés, va ser comprovar que, tal com ella afirmava, totes les persones que havien agregat L'Ombra havien deixat d'actualitzar el seu perfil al Facebook *ipso facto.* No es podia tractar d'una casualitat.

El nen de l'habitació, 15 de febrer de 2011 a les 08:43
Sí, sóc aquí. He llegit el teu missatge. Tens novetats del teu germà?

Nerea, 15 de febrer de 2011 a les 08:44
El meu germà continua sense aparèixer i estic molt preocupada. És molt estrany que no doni senyals de vida.

El nen de l'habitació, 15 de febrer de 2011 a les 08:47
Em sap molt de greu, però ni tan sols sé qui és el teu germà.

Nerea, 15 de febrer de 2011 a les 08:50
Ja he vist a través del Facebook que no éreu amics. Però tots dos teníeu L'Ombra entre els vostres contactes. Què en saps, d'aquest usuari?

El nen de l'habitació, 15 de febrer de 2011 a les 08:54
Sento decebre't de nou, però no te'n puc dir gran cosa. Vaig rebre un missatge de L'Ombra en el qual simplement em demanava que l'agregués a la meva llista de contactes. No tenia ni idea de qui era, però vaig pensar que es tractava d'un pseudònim que pertanyia a algú que jo coneixia. Molta gent fa servir noms falsos.

Nerea, 15 de febrer de 2011 a les 08:55
Com tu...

El nen de l'habitació, 15 de febrer de 2011 a les 08:57
Sí, com jo.

Nerea, 15 de febrer de 2011 a les 08:58
Quin és el teu nom de debò?

Aquella pregunta va agafar en Derek desprevingut. Feia molt de temps que no revelava la seva autèntica identitat a ningú. Només uns quants amics íntims, evidentment tots de l'època anterior al Gran Boom, sabien que ell s'amagava sota el pseudònim d'El nen de l'habitació. Als altres usuaris, és a dir, els qui havia conegut únicament i exclusivament a través de la xarxa, mai no els deia el seu nom.

D'alguna manera, en Derek se sentia com un superheroi que tingués tres personalitats, segons el moment del dia. Quan actuava com a pirata informàtic, feia servir *nicks* molt diversos —White Boy, Leonidas, 2G56 i altres—, quan estava a la xarxa social era El nen de l'habitació, i quan tractava amb la mare i la germana, tornava a ser en Derek. I mai, sota cap concepte, no creuava identitats, és a dir, mai no revelava a la gent d'un d'aquells tres mons dades sobre les seves altres identitats. S'hauria estimat més continuar sense fer-ho, però hi havia alguna cosa en la manera que la Nerea escrivia els seus missatges, una cosa en la manera com mostrava la seva preocupació, que li inspirava una gran confiança. I, per primera vegada des que havia iniciat el seu tancament, va decidir obrir-se lleugerament al món.

El nen de l'habitació, 15 de febrer de 2011 a les 09:10
Em dic Derek.

Nerea, 15 de febrer de 2011 a les 09:12
Per què fas servir pseudònim?

El nen de l'habitació, 15 de febrer de 2011 a les 09:14
No t'ho penso dir.

Aquesta vegada la que es va quedar parada va ser la Nerea. No esperava una resposta tan brusca i va pensar que la negativa d'en Derek a revelar dades de la seva vida privada podia tenir alguna relació amb la desaparició del seu germà. Així que, entenent que havia de seguir el joc a aquell desconegut si volia aconseguir informació, va reprendre la conversa sense mostrar-se indiscreta.

Nerea, 15 de febrer de 2011 a les 09:17
Perdona. No volia semblar una xafardera. Si no et fa res, m'agradaria preguntar-te més coses sobre L'Ombra. No et va enviar cap altre missatge després que l'agreguessis?

El nen de l'habitació, 15 de febrer de 2011 a les 09:18
Zero. Però vaig decidir no donar-hi importància. Hi ha molta gent al Facebook que demana que l'agreguis i que després no t'envia ni un missatge.

Nerea, 15 de febrer de 2011 a les 09:20
Però L'Ombra té altres usuaris agregats. Coneixes alguna d'aquestes persones?

El nen de l'habitació, 15 de febrer de 2011 a les 09:23
No. Em sap greu, però no crec que et pugui ajudar gaire.

Nerea, 15 de febrer de 2011 a les 09:24

El que és estrany és que tots ells, menys tu, han deixat d'aparèixer pel Facebook després d'agregar-lo. Per què tu no?

En aquell moment, una idea incòmoda va acabar de formar-se al cap d'en Derek, una opció estremidora que fins llavors s'havia estimat més descartar.

El nen de l'habitació, 15 de febrer de 2011 a les 09:26

Ni idea.

Nerea, 15 de febrer de 2011 a les 09:27

Pensa-hi una mica, si us plau. És important. T'ha passat res d'estrany des que vas agregar L'Ombra?

En Derek va tornar a dubtar. Aquell esglai que el seu cervell havia lluitat per descartar al final es va revelar amb una força abassegadora. Li va portar a la memòria aquell incident que havia preferit bloquejar. I és que la mateixa nit que havia agregat L'Ombra, una nit en què la seva germana i la seva mare eren fora de casa, li havia passat una cosa totalment inusual. Estava llegint al llit una novel·la de ciència-ficció quan va sentir un soroll estrany, com si algú estigués forçant el pany de la porta principal. Devien ser més de les dotze, així que va pensar que segurament es tractava de la seva família que entrava a casa. Però va parar l'orella i no va sentir cap salutació. Normalment, la seva mare s'acostava a la porta i, sense obrir-la, li deia «Ja som aquí!» i ell li contestava amb un sonor «D'acord!». Però aquella nit només hi havia silenci.

L'entrada al pis quedava força lluny de la seva habitació, per la qual cosa no podia estar segur que el soroll no fos producte de la seva imaginació. Però la por el va tornar a envair quan, al cap d'uns segons, va creure que sentia passes. El parquet de la casa s'havia bombat feia unes setmanes per culpa de la humitat i una de les posts grinyolava quan algú la trepitjava. I allò va ser el que va sentir aquella nit: el cruixit de la fusta sota els peus d'algú que no deia «Ja som aquí!».

Aterrit davant la possibilitat que algun lladre hagués entrat a casa, va passar els forrellats de la seva habitació. Els havia fet instal·lar poques setmanes després del Gran Boom per por que, seguint les indicacions d'algun metge, el traguessin del dormitori a la força per endur-se'l a un hospital psiquiàtric. I sort que havia instal·lat dos forrellats, perquè al cap d'uns segons algú estava intentant obrir la porta.

«Mama?», va preguntar. Però només hi havia silenci. «Mama, ets tu?», i res. «Kate?», va dir llavors, pensant que es podia tractar de la seva germana. I, de nou, ni un so.

De sobte la persona a l'altra banda de la porta va intentar girar el pom amb brusquedat i va colpejar la fulla amb el pes del seu cos. En Derek no va saber què fer. Estava paralitzat per la por. Per sort, just quan l'intrús va clavar un cop a la porta per tercera vegada, va sortir de la seva letargia i, fent veure que havia agafat el telèfon, va cridar: «Policia, hi ha algú a casa meva!». En aquell moment, l'individu a l'altra banda de la porta va aturar els seus moviments i es va allunyar corrent pel passadís. Un cop de porta i de nou el silenci.

La pregunta de la Nerea li havia fet recordar aquella

nit espantosa, però en Derek no tenia clar si l'hi havia d'explicar. Com que no tenia proves que demostressin que aquell intrús tenia alguna cosa a veure amb l'usuari anomenat L'Ombra, va optar per una mentida pietosa.

El nen de l'habitació, 15 de febrer de 2011 a les 09:35
No, no m'ha passat res d'estrany.

Nerea, 15 de febrer de 2011 a les 09:36
Bé. Tenies raó quan deies que segurament no em podries ajudar gaire. Gràcies per haver contestat el meu missatge, de tota manera. He vist al teu perfil que vius a la mateixa ciutat que jo. Potser ens podríem veure algun dia. Al capdavall, ets l'única persona amb la qual puc compartir aquest problema.

En Derek va considerar que era massa aviat per explicar a aquella noia l'assumpte de la seva reclusió. Li feia por que la Nerea es pensés que era un malalt. O pitjor encara, que sospités que un paio tan estrany per força havia de tenir alguna cosa a veure amb la desaparició del seu germà. I si d'una banda era evident que no es podia citar amb ella, de l'altra també ho era que no se'n volia acomiadar tan aviat. Sentia afinitat amb aquella noia. Tot i que mai no l'havia vist en persona i feia molt poc que estaven en contacte, se sentia de gust escrivint-li i de grat hauria continuat intercanviant-hi missatges durant una bona estona. També havia de reconèixer que la història sobre la desaparició del seu germà l'intrigava i que, a hores d'ara, ja tenia moltes ganes de saber qui s'amagava darrere el pseudònim de L'Ombra.

El nen de l'habitació, 15 de febrer de 2011 a les 09:40
Et prometo que t'ajudaré a investigar on és el teu germà. Tu mira de no preocupar-t'hi gaire. És probable que aparegui en qualsevol moment amb una explicació tan simple que et sentiràs ben ridícula per haver-te estat rosegant les ungles.
Si vols, demà ens podem tornar a connectar.

La Nerea va somriure en llegir l'al·lusió a la seva mania de rosegar-se les ungles. Ella no li n'havia dit res, però el tal Derek semblava que la coneixia a través d'un sisè sentit.

Nerea, 15 de febrer de 2011 a les 09:43
Em sembla bé. A quina hora ens connectem?

El nen de l'habitació, 15 de febrer de 2011 a les 09:45
Quan vulguis. Jo sempre estic davant de l'ordinador.
T'estaré esperant.

Nerea, 15 de febrer de 2011 a les 09:48
Et puc fer una última pregunta? És una mica indiscreta.

El nen de l'habitació, 15 de febrer de 2011 a les 09:50
Dispara.

Nerea, 15 de febrer de 2011 a les 09:52
Per què et fas dir «El nen de l'habitació»?

En Derek no va haver de rumiar ni un segon la resposta, ja que la tenia més que preparada ateses les múltiples vegades que li havien fet la mateixa pregunta.

El nen de l'habitació, 15 de febrer de 2011 a les 09:54
Perquè sóc com el conill que troba la màxima felicitat ficat al cau. Fins demà!

En llegir la resposta i per primera vegada en quaranta-vuit hores, la Nerea va apuntar un somriure. Aquell Derek semblava simpàtic. De ben segur que es continuarien escrivint.

http://8_**L'OMBRA ATACA DE NOU**

A la cantonada del carrer hi havia una furgoneta; a la furgoneta, un home; a les mans d'aquell home, uns guants de cuir; i entre els guants de cuir, un volant. Però no conduïa. Estava aturat, escoltant el *Rèquiem* de Verdi, amb els llums apagats, observant aquella finestra, la del tercer segona d'aquell edifici de l'extraradi. Semblava que la ganyota de la cara mostrava un somriure, però tenia la cara tan fosca que no es podia assegurar.

Va tancar un instant els ulls, concentrant-se al màxim en la tornada de la cançó, aquell *Dies Irae* que l'atansava a l'èxtasi. Va tirar el cap enrere per deixar-se dur pel cor de veus. De tornada al planeta Terra, va obrir l'ordinador portàtil i, després d'haver entrat al portal del Facebook, va confirmar el que havia passat feia mitja hora: Leo Brick l'havia agregat com a amic o, més ben dit, havia agregat L'Ombra com a amic. I un moment després, quan va atansar l'encenedor a la punta de la cigarreta, es va poder veure clarament que sí, sí que estava somrient.

Com un acte reflex de satisfacció, els guants de cuir es van cenyir amb més força sobre el volant. Se sentia un soldat imprescindible que formava part d'un exèrcit disposat a lliurar una batalla que canviaria el curs de la història. La seva fidelitat als alts comandaments era cega. Estava orgullós de servir-los en una missió transcendental i, per tant, disposat a sacrificar la seva vida si calia.

Al cap de deu minuts, la llum que estava observant es va apagar i ell va deixar anar el volant, es va ajustar els guants i va desconnectar el reproductor de música. Però el *Rèquiem* va continuar sonant-li al cap i li transmetia determinació i nervi, com passava sempre que es disposava a segrestar algú. Va baixar del vehicle i va caminar fins al portal.

Si les seves dades eren correctes, Leo Brick no estaria sol, sinó que a aquella hora els seus pares ja haurien arribat a casa. Hauria de ser molt sigil·lós i, per si de cas, fer servir l'esprai adormidor que duia a la butxaca. Primer havia de forçar l'entrada de la porteria. Semblava un pany complex, difícil de rebentar, només apte per a autèntics professionals. Per sort, havia practicat molt des que, unes setmanes enrere, havia començat a segrestar tots els qui l'agregaven a aquella xarxa social creada pel Diable.

L'Ombra va mirar a banda i banda del carrer per assegurar-se que no s'acostava cap transeünt. Ningú per la dreta, ningú per l'esquerra. Va alçar la vista cap a les finestres dels edificis adjacents i el va calmar comprovar que no hi havia ningú mirant. Tot seguit va introduir un filferro al pany, va injectar silicona amb una xeringa i va agitar la vareta per fer que saltés el mecanisme. Aquesta vegada no va ser tan senzill. Feia més de cinc minuts que intentava forçar l'entrada i encara no ho havia aconseguit. Massa estona. Qualsevol veí que sortís a la terrassa o qualsevol vianant que passés per aquella mateixa vorera podrien trucar a la policia, i llavors tot estaria perdut. El seu pla s'hauria acabat. I el pla era l'únic important! Els seus superiors l'havien estat elaborant durant anys, coordinant-se des de diferents països, sempre seguint els passos traçats per l'Estratègia Global. Estava en joc canviar el món posant fi a la seva esclavització tecnològica.

Per uns moments, es va deixar arrossegar pels records. Li va venir a la memòria el dia que va contactar per primera vegada amb el seu superior immediat de la secta a la qual s'havia acabat afiliant. Recordava els dubtes que el van dominar aquelles setmanes, les pors al canvi de vida que tot plegat implicaria, les esperances respecte al futur que li havien dibuixat... Al principi li va costar incorporar-se a la revolució, però ara estava plenament convençut que era l'únic camí cap a la salvació de la humanitat.

«Dos minuts més», va pensar. «Si no aconsegueixo obrir aquesta porta d'aquí a dos minuts, ho hauré de deixar per demà». Va continuar barallant-se amb el pany amb intensitat i estava tan concentrat en aquella activitat que no es va adonar que un cotxe de la policia acabava d'aparèixer per la cantonada. Quan el va veure, ja era tard. El vehicle s'havia aturat a pocs metres i un dels agents l'apuntava amb una llanterna.

—Què passa aquí?

L'Ombra va sentir la pregunta, però no es va girar. Li feia por que li veiessin la cara, que el reconeguessin, que tot plegat se n'anés en orris.

—Escolti! Giri's —va cridar l'agent.

Abans que el policia pogués reaccionar, L'Ombra va començar a córrer i es va ficar pel primer carreró que va trobar. El cotxe patrulla també va accelerar, però el camí era massa estret, així que els dos agents van haver de baixar del vehicle i van començar a córrer darrere l'home vestit de negre. Per sort per a ell, la forma física dels seus dos perseguidors deixava molt a desitjar. Les seves panxes havien digerit massa donuts i tenien una ridícula capacitat pulmonar, sens dubte per l'excés de nicotina al cos. El van seguir una estona i li ordenaven que s'aturés, però van desistir quan L'Ombra va escalar una tanca de més de dos metres i va desaparèixer entre galledes d'escombraries. Un dels agents va informar per ràdio de la fugida d'un sospitós. Després va socórrer el seu company, que havia caigut sobre les llambordes com a conseqüència de l'esforç fet durant aquella persecució. Si avui els fessin les proves físiques que donaven accés al cos de policia, els convindria anar mirant una altra sortida laboral.

L'Ombra es va refugiar en un bar de petites dimensions. Va demanar un got de whisky, es va asseure a l'última taula i es va treure l'abric. Li feia por que els agents irrompessin en aquell local en qualsevol moment, així que no volia dur la mateixa roba que abans. Va amagar la peça entre dues cadires, va treure's la gorra i va observar la porta del local. Si la policia hi entrava, faria servir la pistola que amagava sota la camisa. Va acaronar-ne la culata amb la punta dels dits. Un estremiment li va recórrer el cos. Mai no havia disparat a un ésser humà, però aquella sensació li va indicar que no li importaria fer-ho. Faria el que fos per assegurar l'èxit del pla.

Però ara s'havia de tranquil·litzar. Fins l'endemà no podria fer res. Quin desastre si el pla patia algun endarreriment! Per força havia d'esperar unes hores abans de tornar al lloc on havia aparcat la furgoneta. Un cop allà, hauria d'extremar les precaucions, anar amb mil ulls. Tantes hores dissenyant-ho tot al mil·límetre perquè ara passés això. Una punyetera pèrdua de temps. La ràbia li va ordenar que fes esclatar el got de whisky contra la paret, però el sentit comú va aconseguir frenar-lo a temps. Millor no cridar l'atenció.

Les forces de l'ordre no van aparèixer i, a mesura que passaven els minuts, L'Ombra es va anar relaxant. Va demanar un segon whisky, i després un tercer, i fins a un quart. Com més embriac estava, més enfadat també. Estava colèric per haver fracassat en el seu intent de segrestar Leo Brick, el cinquè a la seva llista. Si l'hagués enxampat, només li n'hauria faltat un més per assolir l'objectiu final, per aconseguir el nombre perfecte a fi que les coses canviessin per sempre, i completar així la fase inicial de l'Estratègia Global.

No era la primera vegada que fallava. Li havia passat abans, en concret amb aquell nano estrany que vivia tancat a la seva habitació. Va intentar segrestar-lo una nit, quan no hi havia ningú a la casa, però la porta del seu dormitori va resultar inexpugnable. Sabia que el noi es passava el dia tancat en aquell dormitori perquè, abans d'enviar una sol·licitud d'amistat, que era una floritura final, estudiava amb atenció les seves futures víctimes. Les vigilava, en seguia els moviments a la xarxa, investigava les seves vides... De manera que estava al cas que el noi patia algun problema que li impedia trepitjar el carrer. El que no havia pogut anticipar era que la seva guilladura hagués arribat a tal extrem que havia col·locat forrellats a la porta. Maleït nen. Quan l'enxampés, li faria una bona repassada.

La fúria es va anar inflant de tal manera en el seu interior que el sentit comú no es va poder imposar més i al final va llançar el got de whisky contra la paret del local.

—Eh! —va cridar el cambrer—. Però es pot saber què coi fa?

L'Ombra va mirar de fit a fit l'home que li havia cridat i aquest, aterrit davant d'aquells ulls foscos, aquells llavis ressecs, aquella pell marcida per l'odi, va entendre que hi ha persones a qui més val no molestar.

http://9_L'INSPECTOR DE POLICIA

A l'inspector de policia d'origen espanyol Enrique Gómez tothom li deia Harry. Era un vell costum. Tan vell que ningú no recordava qui l'havia iniciat; era tan arrelat que, si un amic de la infantesa li hagués cridat «Enrique!» pel carrer, ni tan sols s'hauria girat. Alguns deien que els primers que van fer servir aquell nom van ser els integrants d'una colla de lladres txecs detinguts quinze anys enrere que, com que no podien pronunciar correctament el nom d'Enrique (els sortia alguna cosa com ara «Rijka»), s'hi referien com a Harry. D'altres asseguraven que l'àlies va ser creat pels nois de la premsa, els quals, en el seu afany per donar més emoció als seus articles, en van canviar el nom real —massa vulgar, segons ells— per un de més contundent, més viril, més lligat a Hollywood, en clara referència al dur personatge cinematogràfic Harry el Brut, interpretat per Clint Eastwood. I un tercer grup afirmava que ell mateix s'havia autobatejat per fer veure que era un paio dur.

Així doncs, ningú no sabia del cert per què anomenaven Harry l'inspector Enrique Gómez, però el que tothom tenia molt clar era que es tractava del millor inspector que mai havia trepitjat la ciutat, un home més compromès amb la llei que amb la seva família, disposat a passar-se dues nits seguides ingerint litres i litres de cafeïna si es trobava en el pic d'una investigació, capaç d'interrogar les rates per esbrinar qui havia comès aquella malifeta o aquella altra.

Entre les diverses llegendes que circulaven sobre ell, en destacava una que assegurava que s'havia arrencat un queixal amb unes alicates com a ritu d'ingrés en una banda de narcotraficants en la qual es volia infiltrar. Tot i que l'exageració o directament la ficció allarguessin la seva estatura i el seu carisma, en Harry era un policia de cap a peus, amb un expedient immaculat i amb un olfacte extraordinari per detectar crims on els altres veien accidents.

D'altra banda, tenia una nineta de cada color: la de l'ull esquerre era verda i la del dret, marró. Aquesta circumstància feia que els seus companys de feina asseguressin que era tan bo destapant la veritat perquè un dels seus ulls servia per netejar la realitat de totes les seves aparences, mentre que l'altre tenia el do de travessar l'ànima dels detinguts.

En realitat, l'únic poder que li atorgaven aquells ulls multicolors era el de la seducció. Perquè, tot i haver superat la cinquantena, en Harry era un imant per a les dones. Un imant amb un pol verd i l'altre, marró.

Feia poc el capità li havia adjudicat la investigació de la desaparició de diversos adolescents a la ciutat. Les desaparicions sempre queien en mans dels agents més novells, sobretot perquè acostumaven a ser casos de poca transcendència, aquells que, en argot policial, anomenaven «patates calentes». Al final, sempre es descobria que aquells paios se n'havien anat de casa simplement perquè estaven farts de les seves famílies o de les seves feines. Darrere d'aquelles fugides no hi havia cap misteri digne d'un inspector amb un full de serveis tan enlluernador que encegava. Tanmateix, el capità havia assignat aquell cas a en Harry perquè aquella vegada els desapareguts eren força joves i les famílies estaven pressionant l'alcalde perquè hi intervingués.

Si els mitjans de comunicació lligaven aquelles desaparicions, cosa que encara no havien fet, sens dubte començarien a parlar d'un segrestador en sèrie o una cosa molt pitjor. Si s'arribava a aquell moment, l'alcalde, com era habitual en ell quan s'enfadava, començaria a tallar caps. Així, tot i saber que en Harry no sentia gaire afecte pels nens, i encara menys pels adolescents, el capità no va tenir cap altre remei que adjudicar la investigació al seu millor home. I si al seu millor home aquella assignació li va semblar el mateix que empassar-se un barril ple d'eriçons, es va esforçar per dissimular-ho.

L'inspector es va passar tot el matí llegint i rellegint els informes sobre aquelles desaparicions. Quan algun company se li acostava per convidar-lo a fer un cafè al bar de la cantonada, en Harry rebutjava l'oferiment amb un grunyit. Semblava que volgués resoldre aquells casos com més aviat millor, treure's del damunt el mort i dedicar-se a altres coses, com l'assumpte de la dona decapitada que havien trobat sota el tobogan d'un parc infantil o el de l'assassí de xinesos que feia unes quantes setmanes que actuava sense que ningú pogués enxampar-lo. Quan els altres policies passaven al costat de la seva zona de treball, el veien tan concentrat que li clavaven un copet a l'esquena i li deien amb sorna: «Llegeix-los amb l'ull màgic, Harry, que així de segur que el resols ben ràpidament». Després se n'anaven i deixaven l'agent emmurriat i amb la sensació que era l'únic que treballava en aquella comissaria. El proper que se li acostés amb una gràcia també tindria un ull de cada color, però per cortesia del seu puny.

El capità li havia demanat que intentés trobar alguna relació entre aquells expedients, alguna cosa que obrís la possibilitat que hi hagués un únic segrestador darrere dels tres casos. Si més no una pista que els indiqués per on enfocar la investigació. Es va endur els expedients al restaurant i els va estar revisant mentre la cambrera, que sempre somreia a en Harry d'una manera especial i que en unes quantes ocasions li havia comentat que mai no havia vist uns ulls tan misteriosos com els seus, li duia el dinar. Normalment en Harry hauria parat més atenció a la noia i fins i tot li hauria fet l'ullet (tenia comprovat que l'ull verd fascinava més, per la qual cosa el feia sortir sovint), però avui estava tan abstret en la feina que ni tan sols se la va mirar.

En el primer expedient es podia llegir:

Nom: Orson M.

Edat: 14 anys

Data de naixement: 17 de setembre de 1996
Data de la desaparició: 20 de gener de 2011

En el segon:
Nom: Cristina D.
Edat: 16
Data de naixement: 13 de juny de 1994
Data de la desaparició: 27 de gener de 2011

En el tercer:
Nom: Jonathan V.
Edat: 12
Data de naixement: 3 de novembre de 1999
Data de la desaparició: 3 de febrer de 2011

En Harry es va passar la mà per la barbeta i es va adonar que duia una barba de tres dies, poc habitual en ell, que cuidava molt la seva imatge per no perdre gens ni mica de magnetisme amb l'altre sexe. Aquell matí no s'havia pogut afaitar perquè havia sortit de casa precipitadament. Des de feia unes quantes setmanes dormia poc i malament. Tenia una pila de preocupacions al cap i últimament s'havia passat més d'una nit deambulant per la ciutat. El seu estat habitual era d'estrès i nerviosisme. Necessitava unes vacances.

—Què fas, Harry?

La pregunta provenia de l'inspector de delictes fiscals Meloux. Acabava d'entrar al restaurant i ara s'estava dret al costat de la taula d'en Harry, observant-lo amb aquell gest de superioritat que el feia tan insuportable. Si no fos per la seva arrogància, l'agent Meloux estaria envoltat d'admiradors. Aquell home tenia un do per detectar estafes econòmiques i havia aconseguit ficar a la garjola alguns dels banquers més importants de la ciutat. Però a la comissaria tothom el detestava. El seu posat d'important, la seva manera de fer el fatxenda amb el que li costaven els vestits i el seu menyspreu envers els qui no dominaven els números havien aconseguit que els companys el consideressin un estirat al qual no donarien ni un got d'aigua enmig del desert. A la feina abundaven les bromes dolentes del tipus «Meloux sempre està fent el número».

—Hola, Meloux.

—Puc seure amb tu?

En Harry va arrufar el nas:

—M'estimaria més dinar tot sol. Estic amb un cas i necessito llegir aquests expedients amb calma.

L'inspector Meloux es va fixar en els expedients que hi havia sobre la taula.

—Ja ho veig. Estàs amb les desaparicions d'aquells nens, oi?

—Sí, el capità vol que investigui si hi ha cap nexe d'unió, però ho dubto.

—Doncs jo no ho dubtaria tant...

—Per què ho dius?

En Meloux es va asseure a la taula d'en Harry, no fent cap cas de la seva negativa a compartir-la. Duia una camisa tan exquisida que no se li va arrugar ni una fibra. Assenyalant una de les fitxes, va dir:

—Fixa-t'hi: la suma dels números que formen la data de naixement d'aquest noi fa sis.

—I què? —va preguntar en Harry, que no es podia creure que el seu col·lega hagués pogut fer aquell càlcul mental a la velocitat de la llum.

—Doncs que les dates de naixement dels altres nois també fan sis.

En Harry va observar les fitxes amb atenció i va anotar les dates en una cantonada de les estovalles de paper:

—Orson M.: 17 de setembre de 1996
1+7+9+1+9+9+6=42
4+2=6

—Cristina D.: 13 de juny de 1994
1+3+6+1+9+9+4=33
3+3=6

—Jonathan V.: 3 de novembre de 1999
3+1+1+1+9+9+9= 33
3+3=6

Quan va haver acabat de fer aquells càlculs, les estovalles estaven plenes de números i l'inspector Meloux somreia amb posat sorneguer.

—Necessites paper i llapis per fer unes sumes tan senzilles?

Amb molt de gust en Harry li hauria tirat el cafè pel damunt.

—Sí, què passa?

—No res, no res —va respondre el policia.

—No tots som unes llumeneres dels números.

—No crec que calgui ser un Nobel de Física per fer una suma de set o vuit dígits.

—No em toquis el que no sona, Meloux, i digue'm: com sabies això de les dates de naixement?

—Sóc una llumenera, no? Tu mateix ho acabes de dir. Només he hagut de fer un cop d'ull a les fitxes per adonarme de la coincidència.

—Tan ràpidament?

—Així sóc jo, amic meu. Els números no tenen secrets per a mi.

L'inspector Meloux va fer petar els dits mentre deia aquella frase en to pedant. En Harry li hagués ficat, sense pensar-s'ho, els dits en una trituradora. Tot seguit en Meloux es va aixecar i es va allunyar de la taula.

En Harry se'l va mirar de fit a fit, fixant-se en la seva indumentària, en la seva forma de caminar, en la seva manera de demanar a la cambrera que li servís el dinar. Continuava sent un fantasma, però un fantasma amb un cap prodigiós. Després va anotar alguna cosa a la llibreta. Al cap d'uns segons, li va sonar el telèfon mòbil. Era el capità:

—Harry, necessito que tornis a la comissaria immediatament.

—Estic revisant els expedients dels desapareguts.

—Deixa-ho estar. Has d'investigar un intent de violació de domicili.

—Què ha passat?

—Un paio ha intentat entrar en una porteria i, quan ha vist el cotxe patrulla que passava per allà, s'ha posat a córrer.

—Qui viu a la casa que ha intentat assaltar?

—És un bloc petit. Només dues plantes i quatre portes. Els agents han interrogat els veïns. Bé, han interrogat els de la segona planta, perquè els de la primera encara no han tornat de vacances.

—I doncs? Què diuen?

—No res. No tenen ni idea de qui podia ser.

En Harry va fer un cop d'ull als tres expedients que tenia sobre la taula i va preguntar:

—Cap adolescent a l'edifici?

—Un —va respondre el capità mentre repassava l'informe que li havien passat—. Es diu... Es diu... Leo Brick i té quinze anys.

http://10_LA SECTA KORUKI-YA

En Derek havia amagat fets cabdals a la Nerea amb la intenció de no espantar-la, però no aconseguia deslliurar-se de la sensació que l'estava traint. No coneixia de res aquella noia i, tanmateix, se sentia a prop d'ella. Tot era força confús i estrany.

Com que havien acordat tornar a connectar-se, s'havia estat preguntant què era millor explicar-li i què era més prudent continuar reservant-se per a si mateix. No es podia concentrar. Quan intentava reflexionar sobre tot plegat, la seva ment es distreia imaginant com devia ser físicament la Nerea: devia tenir els cabells rossos o castanys?, el devia superar en alçada?, de quin color devia tenir els ulls?... Havia perdut dues vegades el compte de les flexions que havia fet aquell matí i havia rellegit unes quantes vegades el mateix capítol d'una novel·la. Semblava com si el cervell només li pogués processar el que tingués relació amb aquella noia. Tot sovint es quedava amb la mirada perduda a la pantalla de l'ordinador, com si aquell fons fos una peixera que l'hipnotitzés, i sovint perdia el fil del xat on havia entrat.

Encara que intentés distreure's amb totes aquelles activitats, el seu pensament tornava un cop rere l'altre a la Nerea i al tema del segrest del seu germà. Conscient que no es podria treure aquell assumpte del cap, va abandonar l'escriptori, es va agenollar davant del llit, va obrir un dels calaixos que hi havia sota el matalàs i en va treure una carpeta verda a la portada de la qual havia escrit una sola paraula: «Koruki-ya». A continuació, va agafar una de les gomes que mantenien tancada la carpeta i, abans d'estirar-la, va respirar fondo.

S'havia passat tot el dia anterior i tota la nit investigant sobre aquella secta. Havia abocat tota la seva experiència com a pirata informàtic en una recerca en profunditat que li va permetre accedir a dades privades dels desapareguts. Es va infiltrar en els seus correus electrònics i va buscar tota mena d'informació sobre els seus hàbits davant de l'ordinador. Va descobrir que els usuaris que havien agregat L'Ombra no tan sols havien deixat de connectar-se al Facebook, sinó que havien abandonat del tot l'ús d'Internet; això, tenint en compte l'assiduïtat amb què el feien servir abans, només podia voler dir una cosa: havien d'haver estat segrestats. Sense rastre de virus en els seus circuits cibernètics, no hi havia cap altra explicació perquè, de la nit al dia, haguessin deixat de navegar.

En Derek tenia un mètode per confirmar aquesta sospita. Només necessitava fer servir un dels múltiples pseudònims de *hacker* per ficar-se en els ordinadors de la policia i esbrinar si algú havia denunciat la desaparició d'aquells joves. En només vint minuts havia confirmat les seves sospites. Conscient que ell mateix havia estat a punt de formar part d'aquell grup de segrestats, una convulsió li va recórrer el cos. Va ser com si l'hagués fregat una anguila elèctrica.

Mogut per la curiositat, va iniciar una recerca pel seu compte. No sabia per on començar, així que, amb força por, va entrar de nou al perfil de L'Ombra. Els seus ulls es van fixar en el pictograma que havia triat per identificar-se.

Allà hi tenia una pista. Molt neguitós, en Derek va començar a navegar convençut que la seva mestria pel ciberespai li mostraria el camí. No va trigar a descobrir que estava equivocat. Va estar hores rastrejant, però tot va ser infructuós. Va fer servir programes de reconeixement d'imatges i va accedir a la base de dades de diversos museus internacionals dedicats a la simbologia, però no va obtenir cap dada rellevant.

Estava tan abduït en la seva recerca que de vegades l'estómac li rugia i, quan anava a prendre alguna cosa per sopar, s'adonava que la safata del dinar continuava intacta.

La desesperació va començar a apoderar-se d'ell, però, com més complexa esdevenia la investigació, més interessant li semblava. A en Derek li agradaven molt els reptes i al davant en tenia un de grandiós.

Va continuar investigant durant unes quantes hores i, quan ja estava a punt de concloure que aquell pictograma havia estat una creació de L'Ombra i que, per tant, no tenia antecedents en la història de la humanitat, la seva sort va fer un tomb de cent vuitanta graus. Va trobar aquell dibuix tan esmunyedís reproduït en una breu notícia d'un diari digital japonès. Va fer un crit d'eufòria, però aquesta es va refredar en adonar-se que el text, òbviament, estava escrit en japonès, un idioma que no dominava.

De seguida va trobar la solució: demanaria a un dels seus amics del Facebook, una tal Mihoko de la qual només recordava la seva afició pels vídeos musicals protagonitzats per gossos, que li donés un cop de mà. La Mihoko no va trigar gaire a enviar-li una traducció de la notícia (juntament amb un vídeo en el qual un mastí feia surf mentre se sentia una cançó dels Beach Boys). Deia així:

CAPTURAT LÍDER DE SECTA ANTITECNOLÒGICA

A primera hora d'aquesta tarda, una dotació policial ha detingut en un pis del barri de Shibuya (Tòquio) Akunari Watanabe, de 46 anys, considerat un dels capitostos de la secta Koruki-ya. Des de fa uns quants anys, aquesta secta afirma que la tecnologia és un instrument del dimoni i que la seva missió és acabar amb tots els qui es dediquen a difondre-la i a enriquir-se a costa seva. Dos dels seus membres ja van ser arrestats com a sospitosos d'haver col·locat les dues bombes casolanes que van arrasar la planta baixa d'una botiga d'Apple a la mateixa capital del país. A més, les autoritats creuen que Koruki-ya és al darrere de la difusió del troià que va causar estralls entre els internautes japonesos el passat mes de març. Tampoc no descarten que siguin responsables del segrest del programador de Sony, Takeshi Wei, tot i que, sobre això, les investigacions continuen en un punt mort. Entre el poc que es coneix sobre la secta hi ha la firma que deixen darrere les seves accions: un logo que simbolitza un microxip en flames amb el qual presumptament demostrarien el seu odi envers tot allò relacionat amb la tecnologia. S'espera que demà mateix Akunari Watanabe passi a disposició judicial.

En Derek estava rellegint la informació, per mirar de desxifrar quina relació podia tenir L'Ombra amb una secta disposada a esborrar la tecnologia de la faç de la Terra, quan li va entrar un missatge del Facebook:

Nerea, 16 de febrer de 2011 a les 09:50
Hola, Derek, que hi ets?

El nen de l'habitació, 16 de febrer de 2011 a les 09:53
Sí, sóc aquí i tinc coses a dir-te, coses que no t'havia dit.

http://11_UNA ALTRA MENA DE TROBADA

La Nerea s'havia assegut davant de l'ordinador decidida a mantenir una llarga conversa amb l'única persona que li podia proporcionar alguna pista sobre el segrest del seu germà, i de sobte es trobava que aquella persona li reconeixia que la nit anterior li havia mentit. Ella ja havia intuït que aquell noi, si bé li havia semblat molt simpàtic, no li havia explicat tot el que sabia. Per això estava furiosa des del principi. Només havia estat un pressentiment, però no se l'havia pogut treure del cap i ara es confirmava.

Com que estava molt ansiosa per descobrir la veritat, havia fet veure que es trobava malament perquè la seva tieta Liz li permetés saltar-se les classes. En comptes de quedar-se al llit, la primera cosa que va fer quan la seva tutora va haver sortit a comprar va ser connectar-se al Facebook, decidida a treure-li, a aquell desconegut, fins a l'última gota d'informació.

Nerea, 16 de febrer de 2011 a les 09:57

No sé què saps, però serà millor que ens vegem personalment perquè m'ho expliquis.

El nen de l'habitació, 16 de febrer de 2011 a les 09:59

T'hauràs de conformar amb xatejar. Fa molt de temps que no veig ningú.

Nerea, 16 de febrer de 2011 a les 10:01

Podries fer una excepció. Crec que la situació és prou greu.

El nen de l'habitació, 16 de febrer de 2011 a les 10:03

Impossible. Em sap greu, de debò.

Nerea, 16 de febrer de 2011 a les 10:05

Doncs llavors, m'has de prometre una cosa.

El nen de l'habitació, 16 de febrer de 2011 a les 10:06

Digues.

Nerea, 16 de febrer de 2011 a les 10:07

Que no tornaràs a amagar-me res ni a mentir-me.

El nen de l'habitació, 16 de febrer de 2011 a les 10:10

D'acord. Tens la meva paraula.

La Nerea va beure un glop de Coca-Cola mentre pensava com treure al «nen de l'habitació» les coses que s'havia callat. Encara era més complicat trobar la manera d'assegurar-se que li expliqués tota la veritat. Se li havia acudit que, si aconseguia reunir-s'hi en persona, podria detectar amb més facilitat qualsevol mentida que li intentés colar. Era bona interpretant el llenguatge gestual, allò que més ens delata. Però aquell desconegut es mostrava reticent a tenir una cita en el món real.

Mentre rumiava la manera de convèncer-lo, la seva tieta va entrar de sobte a l'habitació per preguntar-li com es trobava. Estava tan abstreta en les seves reflexions que no havia sentit que la porta principal s'obria i es tancava. En veure-la asseguda davant de la pantalla, la Liz li va dir:

—Però tu no et trobaves malament?

La Nerea va forçar la tos abans de dir:

—Sí, molt malament. Però això no m'impedeix estar davant de l'ordinador.

—Si estàs malalta, has de descansar —va fer la seva tieta mentre s'acostava a la màquina per apagar-la.

—Noooooooooooo… —va suplicar la Nerea caçant al vol el braç de la Liz.

—Has de descansar.

—Estic xatejant amb un company de classe perquè m'ha de passar uns apunts.

—No em diguis mentides.

—No te'n dic —va dir la Nerea mentre feia aquella cara de bona nena que engalipava la seva tutora.

La tieta Liz va dubtar uns instants, però al final va cedir perquè estava feta de bona pasta.

—D'acord. Et dono cinc minuts més. Després, tornes al llit.

—Gràcies, tieta.

I just abans d'anar-se'n, la seva tutora va dir una cosa que, de manera accidental, resolia el seu problema de comunicació amb El nen de l'habitació:

—Ai, aquest jovent, tot el dia enganxat a l'ordinador. I això no és gens bo, Nerea, gens bo. Has de parlar amb la gent cara a cara. Cal mirar als ulls per accedir a l'ànima de les persones.

És clar! Com no se li havia acudit abans! Aquelles paraules van encendre una bombeta al cap de la seva neboda, que tot seguit, molt esverada, va saltar de la cadira i es va abraçar a la seva tieta mentre li deia que l'estimava molt. La Liz es va quedar ben parada en veure aquella reacció, i allò li va confirmar la sospita que la Nerea s'havia quedat a casa perquè no li venia de gust anar a l'escola. Es va estimar més callar i aprofitar aquella rauxa d'afecte per amoixar la seva neboda i recordar-li que ella també l'estimava molt. Uns segons després, quan va haver abandonat l'habitació, la Nerea va obrir un calaix del seu escriptori i en va treure una *webcam* que va connectar a un dels ports de l'ordinador. Abans d'activar-la, va enviar un nou missatge a en Derek.

Nerea, 16 de febrer de 2011 a les 10:16

Ja que no vols que quedem en el món real, parlarem cara a cara a través de l'Skype. No t'hi pots negar.

Va esperar la resposta durant uns minuts, però el temps passava i El nen de l'habitació no donava senyals de vida. La Nerea va pensar que potser havia rebut una trucada de telèfon o s'havia distret amb qualsevol pàgina web. No s'imaginava que en Derek s'havia quedat de pedra, aterrit davant d'aquella proposta.

Des que vivia enclaustrat mai no havia fet servir la càmera integrada a l'ordinador. Tot i que, evidentment, ho havia pensat moltíssimes vegades. Connectar la *webcam* li hauria permès mantenir-se en contacte amb el món exterior d'una manera més directa, relacionar-se amb aquelles persones que havia apartat del seu costat i, per dir-ho d'alguna manera, continuar formant part de la realitat. Però mai no s'havia decidit a fer-ho, probablement perquè li feia una mica de vergonya que la gent, en veure-li la cara, li preguntés sobre les causes per les quals s'havia tancat. O que fins i tot se'n burlessin.

Tot i que el Gran Boom no li impedia utilitzar la *webcam*, en Derek havia optat per replegar-se més en si mateix renunciant a aquell aparell. Ara la Nerea li demanava una videoconferència per l'Skype i, per primera vegada des que havia començat el seu tancament, va considerar seriosament la possibilitat de mostrar-se al món. Al capdavall, la reaparició de L'Ombra exigia l'aplicació de mesures excepcionals.

El nen de l'habitació, 16 de febrer de 2011 a les 10:25
D'acord. Obre l'Skype. El meu nom d'usuari és Derek_158.

La Nerea va fer clic a la icona de l'Skype del seu ordinador. Al cap de pocs segons, va rebre la confirmació que Derek_158 havia acceptat la seva sol·licitud. Ràpidament va marcar el símbol de trucada i va esperar que aquell noi misteriós despengés.

Primer de tot va aparèixer una finestra fosca al centre del programa, ja que la càmera d'El nen de l'habitació va trigar uns segons a mostrar una imatge nítida, però al final se li va veure la cara.

Vist a través de la pantalla, en Derek tenia la pell extremadament pàl·lida, probablement com a conseqüència de l'allunyament del sol; els cabells, negres com el carbó, li queien sobre la cara i li amagaven els ulls, i els llavis, una mica rosats, contrastaven amb aquella pell blanquinosa i es convertien en l'element més impactant de la seva cara. Era força prim, però les seves faccions denotaven una constitució atlètica, fibrosa, ben definida. Tenia el coll gruixut i la nou, força gran, es desplaçava al llarg de la pell amb suavitat. També tenia els pòmuls prominents, un clotet a la barbeta i unes pestanyes llargues, una mica arrissades. Duia una samarreta negra. A la seva esquena hi havia penjat un pòster de Devils in Pekin, el grup preferit de la Nerea, i una prestatgeria plena de llibres amb uns títols que no es podien discernir a través de la pantalla. En una de les lleixes, també hi havia uns ninots inquietants que representaven mostres d'aspecte sinistre. No corresponien a cap pel·lícula ni llibre que la Nerea conegués. Allò es devia al fet que aquelles criatures sortien directament de la imaginació d'en Derek, que les modelava en cera i es passava hores pintant-les.

Però, per damunt d'aquells detalls, el que va sorprendre més la Nerea va ser la tristesa infinita que desprenia la seva cara. La pell pàl·lida, els llavis vermellosos, els ulls amagats... Tot plegat dotava en Derek d'un aspecte fràgil i vulnerable, potser mancat de llum o de contacte humà. Tanmateix, l'efecte li amplificava la bellesa de la cara. Resultava sorprenent percebre l'aura d'aïllament que envoltava aquell noi i, alhora, observar la bellesa de les seves faccions. La Nerea estava tan fascinada per aquell contrast que no va dir res durant una bona estona; es va limitar a observar la imatge que tenia a la pantalla, a treure conclusions sobre la seva personalitat a través d'aquelles faccions, a decidir si la fascinació que sentia era provocada per l'aspecte físic o per una cosa més difícil de definir.

Per la seva banda, en Derek no va saber interpretar el silenci de la Nerea. Va creure que aquella manca de reacció es devia a un rebuig cap al seu aspecte. Va pensar que ella estava comprovant que el seu tancament l'havia convertit en un tòtil. Per un moment va voler que se l'empassés la terra. En canvi, les seves primeres impressions respecte de la noia van ser oposades, d'una lluminositat encegadora. Quan la va mirar per primera vegada, va notar una sacsejada a l'estómac, una barreja de nerviosisme i admiració que li va fer sentir un espetec de desig. Feia mesos que no observava una cara amb detall. Havia vist molts vídeos penjats a Internet on apareixien nois i noies de la seva edat, però era la primera vegada que s'enfrontava a una conversa amb una cara real, en viu i en directe, només per a ell. I el que veia li agradava. Tant que li va semblar un regal.

—Hola —va dir ella de sobte.

—Hola —va contestar, en veu molt baixa, en Derek.

—Digue'm, qui és L'Ombra?

La Nerea va anar al gra perquè, malgrat l'atracció que li provocava el seu interlocutor, no volia desviar-se del tema. I si la vida del seu germà corria perill? No podia perdre el temps.

Durant els minuts següents, en Derek va explicar a la Nerea el que havia descobert sobre el símbol utilitzat al Facebook per L'Ombra, sobre la secta Koruki-ya i sobre aquell líder detingut feia un temps: Akunari Watanabe.

La Nerea va escoltar amb atenció i només es va distreure un parell de vegades, gairebé sempre quan la imatge d'en Derek quedava uns segons congelada a la pantalla, sens dubte a causa de la mala connexió d'Internet, i ella es podia delectar recorrent una cara que, sense saber gaire bé per què, començava a atreure-la amb la força d'un imant.

—I això és tot el que he descobert.

—Creus que hi ha alguna manera d'esbrinar qui s'amaga darrere de L'Ombra?

La Nerea va veure que, de cop i volta, en Derek apuntava un somriure de satisfacció:

—Jo ho puc descobrir tot. Només necessito un ordinador i temps.

—No disposem d'això segon —va fer la Nerea—. El meu germà pot estar patint.

—Ja ho sé, Nerea.

Li va agradar sentir el seu nom en boca d'en Derek. Es va posar una mica vermella, però el seu interlocutor no ho va detectar perquè els matisos del color no quedaven definits a través de la pantalla. Això no obstant, la Nerea va pensar que sí que se n'havia adonat, perquè El nen de l'habitació se la va quedar mirant amb interès, en silenci, com si la noia estigués darrere d'un aparador que mostrés un objecte molt valuós.

—Et puc fer una pregunta? —va dir la Nerea.

—Dispara.

—Per que no vols que ens vegem?

—Ho estem fent.

—Vull dir en persona.

En Derek va sospirar. Sabia que, si la relació amb aquella noia avançava, algun dia li hauria d'explicar tot allò del Gran Boom. Només era qüestió de temps. Altres vegades, quan algun usuari del Facebook, normalment del sexe contrari, li havia demanat que li expliqués per què no sortia mai de la seva habitació, ell sempre havia respost amb evasives i a la llarga aquella barrera havia condemnat la relació. Tret dels amics del Facebook que vivien en altres països o ciutats, tots els altres havien insistit a dur l'amistat al món real i, quan en Derek es negava a fer-ho, l'intercanvi de missatges minvava fins que desapareixia. I era així com havia après que, per més bonica que fos una relació a través de la xarxa, tothom s'estima més el contacte físic. Ara la Nerea li plantejava el mateix salt a la realitat i, en mirar-li la cara a la pantalla, es va adonar que aquella vegada no volia sentir parlar de la possibilitat de perdre de vista aquella noia. De manera que es va armar de valor i va decidir explicar-li el tema del Gran Boom i el seu terror absolut de trepitjar el carrer.

—Molt bé, Nerea. T'explicaré la meva història...

—Només vull que ho facis si realment et sents a gust fent-ho.

—Mai no l'he explicada a un desconegut. Però tu..., no ho sé..., tu m'inspires confiança.

La Nerea es va posar vermella de nou:
—Jo també em sento a gust parlant amb tu.
—Aquella tarda era al parc passejant el gos del veí...

http://12_ELS ORÍGENS D'EN HARRY

Quan Enrique Gómez, el futur inspector Harry, només tenia sis anys, va aprendre la lliçó més important de la seva vida.

Era un 24 de desembre a la tarda i els seus pares estaven molt preocupats perquè encara no havien comprat l'arbre de Nadal. Aquell any els tocava organitzar el sopar de la Nit de Nadal per a tota la família i els semblava que no tenir avet els deixaria en ridícul davant dels convidats. Darrere els xiscles histèrics que els seus pares es llançaven sense parar i el nul cas que feien a en Harry, s'amagava una rivalitat que es remuntava als primers anys de formació d'aquella família. La competència entre la seva mare i la seva cunyada per superar-se cada any respecte de la decoració nadalenca amb el temps havia assolit la categoria de guerra.

Tenir la casa més ben guarnida, tallar el gall dindi més tendre i obligar els plançons a memoritzar peces musicals cada vegada més complexes eren algunes de les batalles que es desfermaven en cada edició. Així doncs, un arbre majestuós del qual pengessin els adorns més preciosos havia de presidir el menjador, tal com la Terra està obligada a girar al voltant del Sol.

Però aquella vigília de Nadal encara no el tenien. I a aquell contratemps se n'afegia un altre no pas menys greu. La cangur que havia de tenir cura d'en Harry havia trucat fingint veu de refredat i dient que li era impossible acudir a complir la seva obligació. (Després d'haver penjat, va entrar al bar on uns amics, tots ells uns brètols, deien a crits el seu nom.) Els únics avis vius d'en Harry comunicaven sense parar, demostrant una vegada més que eren uns especialistes a deixar-se el telèfon despenjat, i la veïna, que tenia un fill de la mateixa edat, se n'havia anat a passar les vacances fora de la ciutat. De manera que els pares d'en Harry no van tenir altre remei que endur-se'l a la fira de Nadal, on pensaven comprar l'arbre.

Com calia esperar, el trànsit infernal va ser el prolegomen del que s'havien de trobar quan arribessin al recinte firal, situat al cor comercial de la ciutat. Semblava que el 99,9% de la ciutadania havia deixat la compra de l'arbre per a l'últim dia i ara tothom s'amuntegava en aquella esplanada on els carteristes treballaven tant o més que els firaires.

A en Harry el va fascinar aquell tràfec humà i aquella explosió de llums i colors, on et podies trobar tant paradetes plenes d'adorns nadalencs com cors de nens cantant nadales, àvies que feien ofrenes a les portes de les esglésies i turistes embadocats que feien fotos a tort i a dret. Per als seus estressats pares, en canvi, no semblava que hi hagués gaire diferència entre trobar-se en aquell lloc o dins d'una olla d'aigua bullint.

I així, entre cops de colze, nervis a flor de pell i el clàssic diàleg en què s'etzibaven «On és el nen?», «Em pensava que era amb tu», «Doncs jo em pensava que era amb tu», va passar el que havia de passar: que en Harry es va perdre. Impossible saber quina de les dues parts era la responsable del seu extraviament: els pares amb les seves presses o en Harry amb el seu embadaliment. Segurament totes dues circumstàncies van conspirar a favor del desastre. El cas és que, quan el nen es va adonar que era sol, va caure en un estat de pànic que el va deixar paralitzat durant més de deu minuts. Tota la bellesa que l'envoltava —llums que pampalluguejaven, joguines originals, transeünts somrients— es va convertir en pura hostilitat. Creia que en qualsevol moment algú l'agafaria i se l'enduria en un cotxe de camí a una cambra fosca. Adéu als seus pares, adéu als seus amics, adéu a l'escola, adéu als pastissos de xocolata, adéu a la seva vida. Per sort, va aconseguir fer fora aquells pensaments funestos del seu cap i calmar-se.

De manera inaudita per a algú de tan pocs anys, en Harry va traçar un pla mental per trobar una solució al seu problema. El primer que calia fer era buscar ajuda; el segon, localitzar l'últim lloc on havia vist els seus pares; i el tercer, demanar a algú que reclamés la presència dels seus pares per megafonia, tal com havia vist que es feia als grans magatzems quan algun nen s'hi perdia. En Harry va començar a caminar entre la gentada mirant de trobar algun agent de la policia o un empleat de la seguretat, o fins i tot algun comerciant que el volgués ajudar a sortir-se'n. Per damunt de totes les coses, havia d'evitar l'ajuda d'aquells estranys que li despertessin una instintiva sensació de desconfiança. Al llop li agrada lluir abrics de pell de xai.

En Harry era massa baixet perquè la resta del món s'adonés de la seva presència. Intentava avançar entre una onada de bosses i cames que no feien altra cosa que clavar-li cops. Durant un quart d'hora va intentar trobar l'últim lloc on recordava haver estat amb els seus pares, però la gentada l'arrossegava en sentit contrari i l'allunyava cada vegada més de la seva destinació. El pànic va tornar a fer acte de presència davant la impossibilitat de dur a terme el seu pla, cosa que va fer que en Harry comencés a veure en les cares dels vianants algunes que l'aterrien. La seva àvia li havia omplert el cap amb històries de nens segrestats que acabaven com a esclaus en un lloc que es deia Àfrica.

Molts anys després, quan en Harry ja era un home adult, encara recordaria amb tota mena de detalls el braç del policia —no pas la cara ni la veu— al qual es va agafar com si es tractés d'un flotador enmig de l'oceà. Era un braç robust, ferm com un pal i, tanmateix, recobert per una tela suau i reconfortant. Aquell braç el va agafar a coll per apartar-lo de les cames que estaven a punt d'aixafar-lo. L'agent se'l va posar a l'altura del pit i, estirant el braç que li quedava lliure, va anar apartant la gent fins a arribar a l'estand d'informació, on va demanar que avisessin els seus pares.

En Harry sempre va sospitar que, amb el pas del temps, va acabar convertint-se en agent de la llei per l'energia positiva que aquell braç li va transmetre en el moment més crític de la seva curta existència. Encara avui li semblava sentir el comentari que li va fer aquell policia mentre esperaven que arribessin els seus pares: «Estic orgullós de tu, nano. Mai no havia vist un nen que mantingués tanta serenitat en unes circumstàncies tan adverses».

Més de quaranta anys després, en Harry seguia la mateixa tàctica quan se sentia acorralat per un problema: calmar-se. No deixar que la preocupació creixés tant que la seva ombra amagués la sortida del conflicte. Amb la maduresa havia après que res no el tranquil·litzava tant com la brisa del mar sota la lluna. Per això, aquell mateix vespre, després d'haver-se passat el dia llegint una vegada rere l'altra els expedients sobre els nens desapareguts, se n'havia anat al passeig marítim. Volia posar en ordre les seves idees i no hi havia res millor que fer-ho davant d'un onatge que espetegava contra l'espigó. L'únic que li impedia relaxar-se era la lleugera fiblada que sentia al genoll esquerre, on tenia una cicatriu de set centímetres, regal d'una bala d'un atracador que, en veure's acorralat, va intentar fugir i va prémer el gallet. La humitat traïdora li recordava l'incident així que podia.

En Harry va recapitular els fets dels últims dies. El matí anterior el capità li havia assignat la investigació sobre els tres desapareguts. A l'hora de dinar, l'inspector Meloux li havia fet notar que totes les dates de naixement d'aquells nanos sumaven sis. A la tarda, s'havia presentat al domicili de Leo Brick per parlar amb els seus pares. Se sospitava que hi podia haver una certa connexió entre l'home descobert mentre intentava entrar en aquell edifici i les desaparicions dels altres joves. L'interrogatori havia estat pura rutina i no havia anat enlloc. Des del principi, els pares d'en Leo es van mostrar comprensiblement incòmodes davant la presència d'un policia amb ulls de diferent color que li donaven un cert aire d'alienígena. Per la seva banda, en Harry va prendre apunts a la seva llibreta amb desgana, tot i que, just quan era a punt d'abandonar el domicili, la mare va dir una cosa que el va posar en alerta:

—És ben irònic veure que em pensava que el meu fill estava més segur a casa, jugant amb l'ordinador, que al carrer, i ara resulta que el perill el tenia precisament aquí. Aquest món és de bojos.

—Digui'm, senyora, a quines hores acostuma a estar a casa el seu fill?

—Arriba cap a dos quarts de sis de l'escola i s'asseu davant de l'ordinador fins a les nou. No hi ha qui el tregui d'allà.

—I vostès, a quina hora arriben?

—Ui, el meu marit no arriba mai abans de dos quarts de deu del vespre. Es passa el dia treballant.

—I vostè?

—Jo cap allà a les sis, però de seguida he de tornar a sortir a comprar.

—Llavors, el nen acostuma a estar sol des de dos quarts de sis fins a les set, aproximadament...

—Més o menys.

En Harry en va prendre nota a la llibreta i a continuació va xuclar la punta del bolígraf.

—Però l'intent de violació de domicili va ser a la nit —va dir de sobte el pare, que fins llavors s'havia mantingut en silenci.

—Sí, però tota informació és útil. De tota manera, no creiem que el seu fill estigui en perill. És força improbable que el delinqüent torni.

—Com ho sap? —va preguntar la mare.

—Experiència professional.

—Bé, en tot cas, el lladre s'enduria un bon desengany —va comentar el pare amb posat de satisfacció.

—Per què ho diu?

—Hem canviat el pany.

—Ah, sí? —es va interessar en Harry—. I quin tipus de pany han posat?

—Un de màxima seguretat. A la botiga ens van dir que estava fet a prova de bomba. El més nou, vaja.

—El puc veure?

—És clar! —va exclamar el pare sense amagar la seva satisfacció.

Tots dos es van dirigir a l'entrada principal, on el senyor Brick va mostrar el pany a l'inspector. Es tractava d'un sistema de doble tancament, amb molla de seguretat i sistema antirobatori de coure.

—Què li sembla? —va preguntar el pare d'en Leo.

—Em sembla que no hi entraria ni un tanc.

—Aquesta és la idea.

Quan, al cap d'una hora, en Harry va arribar a la

comissaria, va trucar a un confident de la policia, un lladre que havia penjat els hàbits —o, més aviat, els rossinyols— per muntar una empresa de seguretat.

—Escolta, saps com es pot obrir un pany Smith, model 768-E?

—Ah, un bon pany.

—Sí, però, es pot obrir?

—Tot es pot obrir, estimat Harry, absolutament tot.

—Doncs explica'm com.

http://13_EL MANIFEST ENCRIPTAT

En Derek no pensava rendir-se. Allò tot just havia començat. Encara que el seu estat mental l'obligués a romandre presoner entre quatre parets, no es quedaria quiet. Volia ajudar la Nerea, la noia amb la qual havia compartit la primera videoconferència feta des del Gran Boom, la noia que ara considerava la seva companya d'aventures, la noia que feia que l'estómac se li capgirés cada vegada que hi pensava.

La Nerea se li havia quedat gravada al cervell i, per més que s'hi esforcés, no aconseguia fer-la'n fora. Fins i tot li semblava veure-la quan contemplava la pantalla fosca de l'ordinador. La cara de la Nerea sorgia entre les ombres, com una psicoimatge fantasmal que fes servir el monitor per comunicar-se amb el món exterior. I quan es produïa aquella aparició, en Derek es repetia que era el millor que li havia passat d'ençà del seu tancament. Així que no volia deixar la seva nova amiga a l'estacada. L'ajudaria a descobrir qui s'amagava darrere el pseudònim de L'Ombra i ho faria utilitzant l'única arma que dominava a la perfecció: la xarxa.

Durant més de vuit hores, en Derek va buscar informació a Internet sobre la secta Koruki-ya i sobre el seu fundador, Akunari Watanabe. La majoria de les pàgines eren en japonès, però també en va localitzar algunes en anglès. Va llegir tot el que va poder sobre aquella organització i va arribar a la conclusió que, malgrat la captura del líder, els seus acòlits continuaven lliures i segurament actius.

Segons el que va poder llegir en alguns webs, la Interpol i l'FBI havien tancat el tema perquè consideraven que l'única persona realment perillosa de tota l'organització era Akunari Watanabe. La resta dels fidels els consideraven simples pertorbats que es limitaven a idolatrar un presoner apocalíptic. Tanmateix, hi havia qui desafiava les opinions de les forces policials. En alguns fòrums als quals només podien accedir autèntics experts en la xarxa, en Derek va trobar comentaris que asseguraven que Watanabe no era, ni de bon tros, el capitost de la secta. A més, hi havia consens en el fet que els membres de Koruki-ya estaven preparant una operació a escala mundial que, segons les seves creences, canviaria l'estructura social del planeta tal com avui la coneixem. Altres usuaris afirmaven que s'havien organitzat en el que ells mateixos anomenaven «L'exèrcit de les ombres». Aquesta milícia secreta s'estava oculta a l'espera que el seu líder autèntic, del qual no se sabia res, llancés una crida universal a fi que els seus soldats sortissin dels caus i sincronitzessin un atac col·lectiu en un bon nombre de grans ciutats. I un tercer grup d'usuaris donava suport a una certa llegenda urbana segons la qual el líder de la secta havia encriptat en diverses pàgines web un manifest on s'explicaven els objectius de la secta Koruki-ya.

En principi en Derek no es va creure al cent per cent cap de les versions que es donaven en aquells fòrums. Com a expert en Internet, sabia que si hi havia alguna cosa que sobrava a la xarxa eren les mitges veritats i les històries desenraonades. Estava convençut que la imaginació de centenars d'usuaris s'havia esverat davant la possibilitat que hi hagués una secta decidida a posar fi al domini de la informàtica en el nostre món. Aquells mateixos internautes havien inflat la paranoia afegint-hi tota mena de fantasies.

No obstant això, es podia intuir alguna cosa llegint entre línies. Per aquest motiu va continuar investigant sobre aquells rumors, recorrent a un darrer comodí: el fòrum de *hackers* H4CK. Es tractava d'una pàgina web a la qual només es podia accedir trencant un seguit de codis de seguretat i contrasenyes, una proesa reservada a aquells per als quals la informàtica no tenia cap secret. En Derek havia aconseguit saltar totes les barreres de seguretat per accedir a H4CK feia molt de temps i ara només havia d'entrar en aquell portal per llançar la pregunta que li rondava pel cap:

Qui em pot informar sobre la possible supervivència de la secta Koruki-ya?

En menys de vint minuts va rebre més d'un centenar de respostes. Totes coincidien en un punt: tot i que n'havien detingut un membre destacat, la secta continuava a ple rendiment. La informació era fiable, perquè ningú no es podia moure per Internet amb la traça dels usuaris d'aquell fòrum. No hi acudia gent amb ganes de divertir-se fabricant històries per no dormir, sinó autèntics ciberexperts amb una idea molt clara de la importància de no difondre simples rumors a la xarxa. Així que en Derek va llançar una altra pregunta:

Com em puc infiltrar digitalment a l'organització?

La pregunta era més complexa, motiu pel qual el nombre de respostes es va reduir considerablement. Alguns usuaris li van recomanar que no ho fes, perquè l'organització criminal disposava d'experts informàtics dedicats en cos i ànima a rastrejar qualsevol atac comès des de fora.

Convençut que la seva traça amb l'ordinador li permetria esquivar tot intent per descobrir la seva identitat, en Derek no va fer cas d'aquells consells. Va continuar llegint els missatges enviats pels altres usuaris durant una estona, fins que un usuari amb el *nick* «La llum aniquila l'ombra» li va escriure el missatge següent:

Busca el manifest encriptat.

En Derek va respondre de seguida aquell missatge:

No es tracta d'una llegenda urbana?

I va obtenir la resposta que buscava:

De cap manera. El líder de la secta Koruki-ya va encriptar el seu manifest en desenes de pàgines web d'aparença normal. Aquest manifest conté totes les claus per entendre què s'amaga darrere de l'organització.

En Derek continuava tenint molts dubtes sobre aquella revelació, però el seu interlocutor es mostrava tan convençut que va decidir continuar indagant:

En quines pàgines he de buscar?

La llum aniquila l'ombra va dir:

Ningú no ho sap, però algun cop he llegit en aquest mateix fòrum que els Koruki-ya capten els seus adeptes a través de pàgines dedicades a temes esotèrics. És tot el que te'n puc dir.

En Derek va entendre que l'ajuda arribava fins allà.

Gràcies per la informació, LLALO. Te'n dec una.

La resposta el va deixar força intrigat:

Algun dia et demanaré que me la tornis.

El nen de l'habitació va començar a buscar a Google i altres motors de recerca pàgines sobre esoterisme. Van aparèixer milers de webs en què es parlava de fantasmes, diables, monstres, follets, reencarnats, zombis, vampirs i tota mena d'éssers que, segons en Derek, només pertanyien al regne de la fantasia. No era la primera vegada que havia hagut de cercar missatges encriptats dins d'un nombre elevat de webs, per la qual cosa, feia uns mesos, havia creat un programa que es dedicava a «desfer» els portals que continguessin alguna paraula o nom que li interessava. Aquest programa escanejava totes les pàgines seleccionades i s'endinsava en els seus codis ocults per esbrinar si amagaven textos només visibles per veritables experts de la xarxa. D'aquesta manera havia aconseguit contactar amb algunes associacions de *hackers* que encriptaven missatges dins de webs d'aparença inofensiva.

Va donar les ordres pertinents a l'ordinador perquè aquell mateix programa comencés a analitzar els codis ocults a les pàgines d'esoterisme. Conscient que la màquina trigaria unes quantes hores a desenterrar algun missatge, es va posar a fer flexions. Quan va haver acabat, la pantalla de l'ordinador continuava en blanc. Va fer una sessió de pesos i també una migdiada i quan es va despertar va descobrir una alerta al monitor: «S'ha trobat una pàgina encriptada dins del web: shadowphantom.net».

En Derek va prémer la icona de desencriptar i tot seguit la pàgina es va començar a desfer. Les paraules i les imatges que la formaven van anar caient al llarg del monitor com si s'haguessin convertit en una pluja de signes.

Sota aquella cortina de lletres va sortir un segon web a l'encapçalament del qual es podia llegir, en grans lletres vermelles, la paraula KORUKI-YA. Després hi havia aquest text:

La tecnologia ha convertit els éssers humans en perifèrics dels ordinadors. Nosaltres, els Guardians de la Vida Biològica, revertirem aquesta situació. No podem permetre que la Vida Tecnològica acabi amb l'ésser humà.

Hem intentat fer entendre aquesta Veritat per mitjà de paraules. Ningú no ens ha escoltat. Ha arribat l'hora que invoquem tots els déus que, al llarg dels mil·lennis, han acompanyat els éssers humans.

Hem aconseguit trobar la manera de fer una crida a aquests déus. Hem aconseguit comunicar-nos amb els Creadors. Hem trobat la manera de demanar als Éssers Suprems que aniquilin tots els qui volen substituir la Vida Biològica per la Vida Tecnològica.

El 20 de febrer de 2011 durem a terme el ritual d'invocació dels Éssers del Més Enllà. Els demanarem que només salvin aquells éssers humans que s'han mantingut nets d'esperit, que no han barrejat les seves ànimes amb els universos digitals, que han continuat tal com van arribar al món. Aquest dia les Ombres disperses arreu del planeta alçaran les mans per vessar la sang que donarà origen a un nou món. Aquell dia es posarà fi a l'existència de 64 impurs que no van saber viure d'acord amb els principis biològics. Aquest dia els déus, benignes i malignes, es despertaran gràcies a l'olor de la sang i baixaran a la Terra per exterminar els amics de la tecnologia.

Que així sigui.

El final és a prop.

El principi també.

En Derek es va quedar paralitzat. Va notar que li tremolaven les mans. Aquell missatge era una clara amenaça per al germà de la Nerea. Parlava de sang vessada, de 64 víctimes, del final de la tecnologia, de l'origen d'un nou món. Va voler enviar un missatge del Facebook a la seva amiga, però en l'últim moment es va contenir per no espantar-la i va optar per continuar investigant al web que acabava de aparèixer davant dels seus ulls. En Derek disposava de les eines necessàries per esbrinar la IP des d'on s'havia penjat aquella pàgina. Va activar un parell de programes i, durant més d'una hora, va estar treballant al voltant del portal *shadowphantom.net*, fins que va descobrir el que s'hauria estimat més no saber: l'ordinador que havia creat aquella pàgina es trobava a la seva pròpia ciutat. Encara pitjor, estava situat a poques cruïlles del seu domicili i del de la Nerea.

http://14_DE LA LLUM A LES OMBRES

L'Ombra va penjar el telèfon, va encendre una cigarreta i va mirar la porta darrere la qual estaven segrestats els quatre nois. Avui cap d'ells no plorava. Tampoc no parlaven. Ni tan sols se'ls sentia arrossegar els peus per la cel·la. Va pensar a fer un cop d'ull per l'espiell, però va desestimar la idea per por d'alterar el silenci en el qual estaven sumits aquells desgraciats. La calma era absoluta i L'Ombra se sentia alleujat. Amb l'excepció d'una òpera sublim, el silenci era el millor bàlsam. Aviat s'acabaria tot. Dos dies més i la sang seria vessada, els déus sortirien de la seva letargia i els homes que no havien respectat la Vida Biològica serien exterminats. Així ho havia assegurat el profeta. El 20 de febrer de 2011, ell, L'Ombra, formaria part del ritual planetari que hauria de desfermar la fúria dels Éssers Superiors.

Però encara faltaven dues peces a la seva col·lecció per arribar a la xifra màgica de sis. Si hagués aconseguit capturar Leo Brick, només en quedaria un. Però aquell maleït cotxe de policia...

L'Ombra va apartar aquells pensaments del cap perquè no volia espatllar el moment. L'envoltava tanta calma, tanta tranquil·litat, que no es volia estressar sense motiu. Es va servir un whisky en un got ample, es va asseure a la butaca i va posar els peus sobre la taula. En moments com aquell se sentia important, un component ineludible del revolucionari engranatge que al cap de poc mouria el món que s'acostava. La seva vida, tan farcida de moments dolorosos, per fi semblava adquirir un sentit rotund, incontestable. Va aclucar els ulls i va acotar el cap. Una ganyota de satisfacció li va travessar la cara, però de seguida es va esvair com el fum que sortia de la cigarreta. L'havia assaltat un record, una lleu guspira que el va empènyer a l'origen de la seva història, al moment en què es va convertir en L'Ombra, a l'incident que el va dur a transformar-se en un soldat de les forces superiors.

Aquella matinada, cap a les 06:00, va decidir que ja no tenia cap sentit intentar dormir. Encara quedaven dues hores perquè sonés el despertador, però sabia que era inútil esperar que agafés el son. En realitat, l'havia estat foragitant amb els seus pensaments des que s'havia ficat al llit, ja força tard. S'havia passat hores amb la mirada fixa en algun punt de la foscor, pensant en el que passaria quan sortís el sol. Feia gairebé un any que esperava l'arribada d'aquell dia.

Quan es va llevar, va parar una cura especial en la

seva higiene personal. Es va afaitar de manera lenta i acurada, fins a assegurar-se que aconseguia un rasurat perfecte. Després es va dutxar a consciència i fins i tot va comprovar que les ungles de les mans i dels peus estiguessin en perfecte estat de revista. Per a l'ocasió, s'havia comprat una camisa de marca, una mica cara per a ell, però sens dubte elegant. La nit anterior s'havia enllustrat les sabates i havia planxat amb cura els pantalons. També havia dut la jaqueta a la tintoreria i ara, quan ja se l'havia posat, es va mirar al mirall del rebedor. Li va agradar el que hi va veure. Ell, que mai no havia tingut una cura especial de la seva imatge, volia estar atractiu per a ella. Havia de ser una mostra que tot podia canviar a partir de llavors. Va picar l'ullet al seu altre jo. Si la confiança fos una armilla, ja n'haurien saltat tots els botons.

Va intentar esmorzar, però va deixar el cafè i les torrades a mitges. En John havia estat tan concentrat en ella, a intentar visualitzar com el rebria i a preparar diversos temes de conversa perquè la retrobada no esdevingués incòmoda, que es va adonar que feia un temps rècord que no pensava en en Sam. Va avançar pel passadís de la casa i es va aturar davant de la porta de l'habitació del seu fill. A l'habitual calfred de pena se n'hi va afegir un de culpabilitat. Des que en Sam havia desaparegut feia més d'un any, no hi havia hagut una sola hora en què el seu record no hagués aparegut a la seva ment, encara que fos de manera fugaç. Va repenjar el cap contra la porta d'aquella habitació, va contenir les llàgrimes i al final la va obrir. L'habitació del nen continuava igual com l'havia deixada, tret del seu ordinador, que ja no hi era. El maleït ordinador amb el qual va començar el malson! La policia, amb l'anomenat inspector Harry al capdavant del cas, l'havia requisat perquè sospitava que en els seus arxius hi havia la clau de la seva desaparició. I així havia estat. En Sam havia conegut el seu futur segrestador en un xat.

En John i la seva dona, la Judith, es van negar que la policia els retornés la màquina que els havia arrabassat el fill del seu costat. Van tancar la porta de l'habitació per no tornar a obrir-la, com un gest metafòric que els hauria d'ajudar a taponar el dolor que els provocava la seva absència.

Va ser debades. La ferida s'expandia inevitablement, com una marea negra, per les seves ànimes. La pena els consumia. Les discussions i el distanciament van augmentar. La desaparició del seu fill va podrir el llaç que sempre els havia unit. La Judith i en John no es van divorciar, però el silenci els va caure a sobre fins a convertir-los en dos estranys. I ella, fins llavors desbordant d'alegria, va entrar en una depressió que la va tenir al llit durant setmanes i que en poc temps va convertir la seva llarga i brillant cabellera negra en una mata blanquinosa que no es podia tocar, ja que la mà que l'acaronés quedaria plena de blens. Va ser com veure un preciós violí devorat pels corcs, amb els colors marcits per culpa d'una prolongada exposició al sol. Aquella malaltia, immune als fàrmacs, finalment va fer que la internessin en un centre de salut mental.

Aquell matí, després d'empolainar-se amb tota la cura possible, en John va anar a l'hospital on la seva dona feia un any que hi era ingressada. Els metges no li havien permès visitar-la fins llavors. Per això estava tan il·lusionat. Va arribar-hi molt aviat, tant que l'ala de psiquiatria, construïda sobre un petit illot al qual s'arribava travessant un pont, continuava tancada. En John va fer un volt per la rodalia. Havia deixat el ram de flors al cotxe per por que el vent el fes malbé. Va arribar a un far malparat per la humitat, de ben segur abandonat. Les gavines havien fet un niu a la teulada. Les rates treien el musell entre les esquerdes. Els insectes quedaven enxampats a les teranyines. I ell, perfectament mudat, observava aquell decorat com qui contempla una fotografia del seu propi estat d'ànim.

Quan faltaven cinc minuts per les nou, tornava a ser a l'entrada del centre de salut mental. Va respirar fondo, es va ajustar la corbata i va mirar cap al cel. Feia 365 dies, 8.760 hores, que no veia la seva dona. La profunda emoció que el va envair va provocar que totes les fibres del cos li vibressin com les cordes d'una guitarra. Va agafar el pom i va travessar la porta. Per la presència de la directora de l'hospital al bell mig del rebedor i el silenci sepulcral que va produir la seva aparició, en John va saber de seguida que alguna cosa no rutllava. La responsable del pavelló el va convidar al seu despatx, però ell, paralitzat pel pànic, va exigir que li digués allà mateix què passava. Va ser llavors que li van explicar allò del suïcidi.

Els testimonis que van presenciar la reacció d'en John van coincidir a assenyalar que tot plegat va transcórrer a càmera ràpida. Va ser com observar un animal que, ferit de mort, desferma una fúria incontenible contra tot el que l'envolta. En John havia deixat caure les flors sobre les rajoles.

Després havia fet un crit eixordador i, completament fora de si, s'havia dirigit a la taula de recepció, havia arrencat les pantalles dels ordinadors i les havia estampat contra el terra. Tot seguit va abandonar el lloc amb la cara tan vermella que semblava a punt d'esclatar.

Van avisar la policia de seguida. Es va decidir que en Harry aniria al lloc dels fets perquè ell havia dut el cas del segrest del fill d'en John. Després d'haver pres les declaracions pertinents i d'haver fotografiat el deplorable estat en què havien quedat els ordinadors, va anar a buscar l'agressor. Va suposar que devia ser per la zona, ja que el cotxe encara era al mateix lloc. El va trobar al cap de mitja hora, als peus del far, mirant el mar. En Harry sabia que estava contemplant la figura d'un home trencat, d'una persona que havia perdut els seus dos éssers més estimats en el termini de dos anys. El que no podia imaginar-se era que el dolor que sentia en el seu interior era tan descomunal i salvatge que el cor se li estava transformant en un recipient tenebrós i glaçat. Un cor digne d'algú que es podia anomenar L'Ombra.

http://15_**L'HOME DE L'ULL MORT**

A mesura que en Derek l'informava de les circumstàncies que envoltaven la secta Koruki-ya, a l'interior de la Nerea creixia, en comptes d'angoixa i pànic, una forta determinació per alliberar el seu germà. La notícia que un manifest que anunciava un vessament de sang s'havia penjat des d'un ordinador proper, del qual el seu ciberamic havia aconseguit fins i tot l'adreça postal, la va incitar a voler actuar amb rapidesa. El rellotge corria i tota vacil·lació podia resultar fatal. Tot i així, intuint les seves intencions, en Derek li va fer jurar que no faria res fins que no tracessin un pla d'acció. Li va demanar que no fes la bestiesa de fer-se la valenta i que posés la intel·ligència per davant de les emocions.

Tanmateix, la Nerea no es podia quedar de braços plegats mentre la vida de l'Alex penjava d'un fil. Li sabia greu mentir al seu nou amic prometent-li que no actuaria pel seu compte, però les circumstàncies no li deixaven cap altra opció. A més, El nen de l'habitació l'havia ajudat molt a l'hora de buscar informació, però, atesa la seva agorafòbia, no podia fer res més per ella. Com que era millor no amoïnar-lo, va decidir no dir res sobre les seves autèntiques intencions. El factor afegit que la seva tieta Liz sortís aquell vespre al teatre la va acabar de convèncer que era el dia perfecte per passar a l'acció.

—Tens croquetes a la nevera —li havia dit la Liz abans d'anar-se'n—. Fica-les al microones durant un minut i mig i sopes. Et pots fer també una amanida. Ah!, i també hi ha taronges i iogurts.

—Molt béeeeeee.

—De debò estaràs bé?

—Sí, tieta. No t'amoïnis. Que ja sóc grandeta. Vés-te'n tranquil·la.

—D'acord, d'acord. Calculo que tornaré cap allà a les dotze. I, si us plau, no toquis el DVD, que estic...

—...Gravant les notícies —l'havia interromput la Nerea—. M'ho has repetit mil vegades, tieta...

La Nerea es va donar un marge de seguretat de quinze minuts abans de treure's el pijama i posar-se roba de carrer, no fos cas que la seva tieta s'hagués oblidat alguna cosa, i tornés de cop i la trobés *in fraganti*. Per por de despertar-la, la Liz no acostumava a entrar a la seva habitació quan tornava tard a casa. Tanmateix, com a mesura de precaució, va amuntegar uns quants coixins sota la manta del llit perquè fessin prou embalum per enganyar un ull en la foscor, fent-li creure que hi dormia una persona.

Tot seguit va pensar en la possibilitat de deixar una nota dient a la seva tieta que havia sortit amb una amiga. Al final la va descartar, ja que resultaria poc creïble que hagués fet allò tenint classe l'endemà. Tampoc no volia jugar la carta de dir que es quedava a dormir a casa de la Brigid, perquè allò ho anunciava sempre amb un dia d'antelació i, en general, coincidia amb el cap de setmana. L'única opció era escapar-se directament, sense donar explicacions, i encreuar els dits per tornar a casa abans que la seva tieta.

Decidida a tirar endavant les seves intencions, la Nerea es va abrigar força i es va ficar a la motxilla una ampolla d'aigua i una llanterna, per si de cas. Abans d'abandonar casa seva, va fer un cop d'ull al replà per l'espiell per assegurar-se que no hi havia veïns. Va baixar per les escales, evitant l'ascensor en el qual es podia trobar amb algú, i va travessar la porteria aguantant la respiració.

Com havia previst, feia una mica de fred. Abans de començar a caminar, i tot i que no plovia, es va posar la caputxa de la gavardina. No volia que la reconeguessin. El rellotge marcava les 20:50, per la qual cosa encara hi havia força enrenou pel carrer. Fins aquell moment, la Nerea s'havia sentit molt segura d'ella mateixa, però al cap de poca estona d'haver començat a caminar, en veure's envoltada per totes aquelles cares desconegudes i sabent que un segrestador actuava impunement a la ciutat, el coratge li va anar flaquejant. Com se li havia acudit seguir tota sola una pista que la conduiria a uns guillats molt perillosos? Per què no havia acudit a la policia des d'un principi? Per què havia amagat a la tieta Liz les seves sospites sobre la desaparició de l'Alex? Per ventura es creia capaç d'enfrontar-se tota sola a una secta organitzada? Angoixada per tots aquells dubtes, va pensar a girar cua, però el record del seu germà li va retornar el valor suficient per apartar aquells interrogants de la seva ment i tirar endavant.

L'adreça que li havia donat en Derek es trobava a quinze minuts. Havia passat per allà una infinitat de vegades, sobretot quan havia hagut d'anar a cal dentista. Va alentir la marxa abans d'arribar a la localització exacta i va travessar el carrer per observar l'indret des d'una distància prudencial.

Es tractava d'un edifici d'una sola planta, amb una única porta d'accés i un pàrquing subterrani. Els llums estaven apagats i les cortines corregudes; a sobre la porta principal tenia quatre panys i un cartell de «Compte amb el gos».

Durant la mitja hora següent, no va passar res. La Nerea, que s'havia assegut en una parada d'autobús fent veure que era una passatgera més, començava a notar els estralls del fred. Va buscar el mòbil a la motxilla per assegurar-se que la seva tieta no li hagués trucat i va descobrir amb horror que se l'havia deixat. Es va maleir a ella mateixa. «Estúpida, estúpida, estúpida». Potser havia arribat el moment de posar fi a aquella bestiesa.

El fet de mirar el rellotge i comprovar que havien passat uns altres vint minuts inútils va fer que abandonés la vigilància. Allò era una pèrdua de temps de cap a peus i ella no es podia entretenir gaire si volia arribar a casa abans que la seva tieta.

Ja s'havia aixecat quan, de sobte, un individu es va aturar davant de la porta de l'edifici. Era alt, corpulent i fumador. La Nerea no en va poder distingir els trets facials perquè la distància i la foscor li ho impedien. El fet que anés vestit totalment de negre encara dificultava més les coses. L'home va mirar a dreta i esquerra abans de ficar les claus als diferents panys, i va aturar la mirada en la parada d'autobús on s'estava la Nerea. Ella va tirar instintivament el cos cap enrere per amagar-se darrere d'una senyora que esperava l'arribada del transport públic. Aquell individu no podia saber qui era ella i què hi feia, allà, però el cor li va començar a bategar amb força i les mans li suaven.

L'home de negre va entrar a l'edifici i va tancar la porta. «I ara, què dimonis faig?», es va preguntar la Nerea. No podia trucar a la porta, però tampoc no hi havia cap altra manera d'accedir a l'edifici. De manera inevitable, es va començar a rosegar les ungles amb angoixa. «Què faig, què faig, què faig». La senyora se la mirava amb cara d'estranyesa, així que es va obligar a mantenir les formes. En aquell moment va arribar l'autobús, la senyora hi va pujar i la Nerea es va quedar sola a la parada. Continuava sense saber quin havia de ser el pas següent quan l'arribada d'una furgoneta li va donar la solució.

Des de l'interior del vehicle van obrir automàticament la porta del pàrquing i la Nerea no s'ho va pensar dues vegades: va travessar la calçada ràpidament, es va col·locar darrere del vehicle i, abans que el mecanisme electrònic tanqués de nou l'entrada, es va colar al garatge. Quan ja es va trobar a dins, es va fer a un costat per amagar-se entre unes caixes amuntegades en una cantonada i es va arraulir suplicant a tots els déus que no la descobrissin.

El conductor va apagar el motor i va sortir de la furgoneta. La Nerea no li va poder veure la cara perquè no s'atrevia a treure el cap, però va distingir clarament el soroll de les portes del darrere del vehicle que s'obrien. Va agafar coratge, i en treure el cap per damunt d'una de les caixes, va entrellucar la figura d'un home que extreia un gran embalum de l'interior de la camioneta. Al començament, la Nerea va pensar que es tractava d'un sac de farina, però, quan va veure que es movia, va entendre que hi havia algú allà dins. Estava sent testimoni d'un nou segrest. Dins d'aquell sac Leo Brick espeternegava.

Aquell homenot es va posar el sac sobre les espatlles i va avançar fins al fons del soterrani. La Nerea no va poder veure res més perquè la furgoneta li tapava la visió. Només va sentir una porta que grinyolava en obrir-se i tancar-se. De cop la va sobresaltar una veu greu que arribava des de la planta superior.

—Tot en ordre?

—Sí.

—Doncs puja.

—Ara vinc.

Els passos del segrestador es van anar afeblint a mesura que pujava per l'escala. Al cap d'un parell de minuts, quan només li arribava la remor d'una conversa des d'algun punt llunyà del pis de dalt, la Nerea va gosar sortir del seu amagatall.

Va encendre la llanterna, va passar pel costat del cotxe i es va dirigir cap a la porta del final del passadís. Era d'acer, d'un gruix considerable, i estava tancada per una cadena coronada per un gran cadenat. La Nerea va tenir la certesa que en Saturn era allà dins i la va envair una gran eufòria. Va posar una orella contra la fulla de la porta, però no va sentir res. Va voler cridar el seu germà pel seu nom, però era massa arriscat. Va estudiar el cadenat, buscant la manera d'obrir-lo sense la clau, i en va desistir quan es va adonar que necessitaria una caixa d'eines i molt de temps. Llavors va descobrir l'espiell. Estava massa amunt per a la seva estatura, així que hauria de fer servir una cadira per arribar-hi. Però no li va semblar prudent enfilar-se a aquell moble sense haver-se assegurat abans que els segrestadors encara eren a la planta superior. El més important era tenir-los controlats.

Va pujar les escales lentament i va aparèixer en una sala buida, amb una taula al centre i unes quantes cadires al seu voltant. Hi havia dues portes. L'una estava tancada; l'altra, oberta, donava a un passadís pel qual segurament s'havia ficat el segrestador. La Nerea va caminar molt a poc a poc fins al corredor. Amb sort s'haurien deixat la clau del cadenat a la vista i podria agafar-la sense que ningú se n'adonés. Va avançar lentament, tot deixant cinc segons entre pas i pas per no fer soroll. «Concentra't, no tinguis por», es repetia mentre avançava pel passadís com si estigués ple de mines.

Ara les veus li arribaven amb més claredat. Confiava que els dos homes estiguessin embrancats en una conversa que els retingués a l'altra sala durant una bona estona. Quan quedava poc per arribar al final del camí, es va ajupir i, reptant durant els últims metres, va treure el cap a la sala. Va veure dos individus asseguts a la taula, fumant sense parar i bevent whisky. Els dos paios s'estaven callats al voltant d'una taula il·luminada per un llum de peu. Només es podia distingir la cara d'un d'ells, ja que l'altre estava d'esquena.

L'home que podia veure amb claredat era el que havia entrat a l'edifici caminant. Tenia una cabellera d'un blanc encegador i la cara plena de cicatrius; un dels ulls tenia una nineta que no es movia i li va recordar el d'un tauró. Segurament era de vidre. A l'avantbraç lluïa un tatuatge que reproduïa el pictograma que L'Ombra tenia penjat al Facebook. Semblava impossible que una cosa calenta com la sang pogués recórrer aquell cos.

Mentre un calfred envaïa el cos de la Nerea, l'home va apagar una cigarreta i va trencar el silenci:

—Està tot controlat?

—I tant, senyor.

—No ens podem permetre cap error.

—Estic seguint l'Estratègia Global al peu de la lletra, senyor.

—I el teu ajudant?

—També està seguint els plans. Però hi ha hagut un petit inconvenient.

—Un inconvenient?! —va bramar l'home de les cicatrius i, per un moment, va semblar que la seva fúria omplia l'habitació d'una espessa penombra.

—Algú s'hi ha ficat.

—Qui?

—Un policia.

—Doncs carrega-te'l.

—Així ho faré, senyor.

—Només queden dos dies per al sacrifici i continua faltant la sisena víctima.

—No fallarà res.

—Millor per a vosaltres.

En sentir la paraula «sacrifici», una descàrrega elèctrica havia recorregut el sistema nerviós de la Nerea. De l'espant es va aixecar tan bruscament que la seva esquena va fer caure un quadre que hi havia penjat a la paret.

—Què ha estat això?

«Això» era la Nerea que corria per salvar la vida.

—Agafa-la! —va sentir que cridava l'home de l'ull de tauró.

http://16_PERSECUCIÓ ALS GRANS MAGATZEMS

El trànsit havia minvat força a aquelles hores de la nit. I era una sort, perquè la Nerea corria pels carrers sense parar atenció als semàfors, sense esquivar els vianants, sense fer cas dels gossos que li bordaven des d'alguns balcons. Només pensava a salvar la pell, a perdre de vista l'home que la perseguia, a arribar a casa seva per estar sana i estàlvia. Però no aconseguia deixar enrere aquell paio.

De vegades, quan girava en una cantonada, s'ajupia darrere d'algun contenidor i desitjava que L'Ombra passés de llarg, però l'home sempre sabia on anar per no abandonar la seva presa. La Nerea corria, corria i corria com no ho havia fet mai. Mirava en totes direccions a la cerca d'un agent de l'ordre que la pogués ajudar, però no en veia cap.

«La policia mai no hi és quan la necessites», acostumava a dir la tieta Liz. Tenia tota la raó del món.

Els llums dels fanals ja s'havien encès i l'ombra del seu perseguidor s'allargava fins a tal punt que sovint arribava a la Nerea. Només es tractava de la seva ombra, però, quan ella veia que la depassava, treia les forces d'on podia i aconseguia accelerar més. Mai no havia destacat en les proves de velocitat durant les hores de gimnàstica, però ara no tenia cap dubte que estava batent tots els rècords de la seva classe. Es va sorprendre de la capacitat del cos humà en situacions extremes. Sobretot quan va avançar un parell de ciutadans que feien fúting a la rodalia del parc i quan va superar un ciclista que circulava per la vorera. Notava que el cor se li revolucionava dins del pit com una batedora en marxa.

L'Ombra també sabia córrer. I molt. Potser no era tan veloç com ella, però tenia unes cames més llargues i una de les seves gambades equivalia a dues de les d'ella. D'altra banda, l'home no tenia miraments. Quan algú s'interposava en el seu camí, l'apartava clavant-li una empenta. Així va ser com va tirar a terra una senyora gran, un nen i, l'últim de tots, el ciclista que ella havia superat poc abans. En passar al seu costat, li va clavar un cop amb el colze i el ciclista va anar a parar contra un fanal i va quedar estabornit al mig del carrer.

Per sort, la Nerea tenia un pla. No havia volgut córrer cap a casa seva per evitar que el seu perseguidor descobrís on vivia, ni tampoc que relacionés el seu carrer amb el domicili de l'Alex. Si L'Ombra esbrinava que era la germana d'un dels segrestats, sens dubte prendria represàlies contra el presoner i la forçaria a entregar-se per evitar-les. De manera que s'havia posat a córrer en direcció contrària, sempre amb la intenció d'arribar a la zona més concorreguda de la ciutat. Encara no eren les deu de la nit, així que alguns comerços devien continuar oberts. Si aconseguia arribar a aquell barri, es podria confondre entre la gentada i, amb una mica de sort, perdria de vista el seu perseguidor.

Durant deu minuts més, la Nerea va córrer cames ajudeu-me fins a aparèixer al carrer de les botigues. Per allà caminaven centenars de ciutadans que, en sortir de la feina, hi havien anat a fer les últimes compres del dia. Al final de l'avinguda, radiants com una muntanya il·luminada per potents focus, s'alçaven uns grans magatzems que sempre eren plens de gent. Aquella era la destinació final de la Nerea.

Probablement L'Ombra se'n va adonar, perquè, quan van girar la cantonada darrere la qual va aparèixer el centre comercial, l'home va accelerar per enxampar-la. Faltaven pocs metres perquè l'agafés quan un individu va sortir d'una botiga amb tanta mala sort —o bona, segons com es miri— que es va interposar en el camí de L'Ombra. La trompada va ser espectacular. El segrestador va atropellar aquell individu i tots dos van anar a parar a terra i van provocar un gran renou al seu voltant. La Nerea es va aturar a contemplar l'escena uns segons. L'Ombra intentava calmar l'home que, ja dret, l'agafava del braç recriminant-li indignat que l'hagués atropellat. Havia pretès escapolir-se posant-se a córrer de nou, cosa que va fer que alguns ciutadans l'envoltessin i li impedissin que fugís, i ara s'amuntegaven al seu voltant exigint-li que es disculpés. La Nerea va reprendre la cursa, satisfeta d'haver aconseguit un avantatge considerable respecte al seu enemic.

En travessar la porta dels grans magatzems, es va aturar en sec perquè no volia alertar els vigilants. Els podria haver demanat ajuda, però no se'n refiava. Aquells homes, tot i anar armats, no eren policies, sinó guardes jurats acostumats a enxampar adolescents que robaven videojocs. Millor no confiar en la seva eficàcia enfront d'un delinqüent de debò. La Nerea es va infiltrar a l'establiment sense cridar l'atenció i es va dirigir directament a l'escala mecànica. Al seu costat hi havia unes quantes famílies i grups de nois xerrant distesos i alguns dependents que, amb els uniformes de color verd, atenien els clients. Amb tanta gent al seu voltant, i amb una mica de sort, les possibilitats que L'Ombra la trobés eren remotes.

Quan va arribar al tercer pis dels grans magatzems, es va abocar a una de les baranes interiors de l'edifici, des d'on podia veure la planta baixa. No s'ho podia creure. L'Ombra era allà! Acabava de travessar la porta principal i mirava en totes direccions intentant endevinar on s'havia ficat. El terror la va paralitzar. Es va aferrar a la barana com si fos l'últim salvavides d'un vaixell a la deriva. I just en aquell moment el seu perseguidor va alçar el cap i la va descobrir allà dalt. Mai no oblidaria la malaltissa expressió de plaer que la cara d'aquell criminal va mostrar així que la va veure. Va posar-se a córrer escales amunt i, tot i que volia arribar a l'última planta, es va aturar al pis superior, dedicat a Informàtica i Telefonia.

Aquell lloc era ple d'ordinadors encesos perquè els consumidors s'hi poguessin entretenir. De sobte se li va acudir una idea i, abandonant la intenció inicial de pujar fins a l'última planta, la Nerea es va afanyar fins a la màquina més amagada de totes. La seva esperança era que les columnes, els clients i els altres elements decoratius la mantinguessin amagada mentre teclejava. Va tornar a lamentar no haver-se endut el mòbil per poder posar-se en contacte amb en Derek. En cas d'extrema necessitat també podia haver trucat a la Brigid, a la qual no havia explicat res per por que fos una bocamolla. El primer ordinador on es va aturar no tenia connexió a Internet i el segon només contenia jocs de combat. Per sort, el tercer sí que li va permetre entrar al Facebook, introduir-hi la seva contrasenya i accedir al seu compte, en el qual, lluitant per vèncer la tremolor dels dits, va escriure:

Nerea, 18 de febrer de 2011 a les 21:30
L'Ombra em persegueix. Sóc als magatzems Dresslàndia. Ajuda!

Va esperar uns segons mentre observava, traient el cap per un lateral del monitor, l'escala per la qual pujava L'Ombra. Estava totalment suada, però els mateixos nervis li impedien adonar-se'n. De seguida va arribar la resposta:

El nen de l'habitació, 18 de febrer de 2011 a les 21:31
No abandonis els magatzems.

Nerea, 18 de febrer de 2011 a les 21:32

Però ell sap que sóc aquí.

El nen de l'habitació, 18 de febrer de 2011 a les 21:32

Estaràs més segura en un lloc ple de gent.

Nerea, 18 de febrer de 2011 a les 21:33

Però, com m'escapo?

El nen de l'habitació, 18 de febrer de 2011 a les 21:34

Confia en mi. Jo faré que puguis fugir. Dóna'm un parell de minuts.

La Nerea hauria volgut contestar aquell missatge dient que no disposava d'un parell de minuts. Tanmateix, no va escriure res perquè, de sobte, va veure la figura de L'Ombra que pujava per l'escala automàtica. Primerament en va reconèixer el cap, després les espatlles, el pit, la panxa i, al final, els peus. L'home va repassar tota la planta amb una mirada escrutadora. La Nerea es va ajupir per no ser descoberta. Ara no la podia veure, però ella tampoc no el podia veure a ell. La possibilitat que aparegués de sobte a la cantonada on la Nerea s'amagava la va aterrir. A poc a poc, va treure el cap pel forat que hi havia entre les taules intentant reconèixer les sabates de L'Ombra entre les dels altres clients. Però no ho va aconseguir. Davant dels seus ulls es movien més de vint parells de peus, la majoria amb calçat fosc i, en conseqüència, tots ells sospitosos de pertànyer a un psicòpata ansiós per capturar una nena.

Encara que era arriscat, no hi havia altre remei que

treure el cap per damunt de la taula. Quan al final va trobar el valor per fer-ho, no va entreveure el seu perseguidor. Va mirar en totes direccions, amb les ninetes dilatades pel pànic. L'Ombra no apareixia enlloc. Va suposar que havia pujat a la planta següent i es va permetre respirar profundament. Va observar la pantalla i, com que no hi havia cap missatge, va escriure:

Nerea, 18 de febrer de 2011 a les 21:36
Derek, què fas?

El nen de l'habitació, 18 de febrer de 2011 a les 21:36
Espera't.

Nerea, 18 de febrer de 2011 a les 21:37
No puc esperar-me. Intentaré sortir sense que em vegi.

El nen de l'habitació, 18 de febrer de 2011 a les 21:38
Espera't. Confia en mi.

La Nerea es refiava d'en Derek, però no podia esperar un segon més. Si L'Ombra havia pujat a la planta superior, era el moment de començar a córrer escales avall, arribar a la sortida i perdre's pels carrers. Oblidant-se del seu amic, va abandonar l'ordinador i va caminar dissimuladament entre els televisors, els portàtils i els telèfons que omplien el departament. I ja era a punt d'arribar a l'escala automàtica quan una mà enganxosa la va agafar pel coll i la va obligar a girar-se. Davant dels seus ulls tenia el fastigós somriure de L'Ombra, que va acostar la seva cara a la de la nena i va dir:

—Ja ets meva.

«Ha arribat el final», va pensar la Nerea. S'ha acabat el joc. *Game over.* Tot està perdut. Aquelles conclusions que fluïen al seu cap es van interrompre de manera sobtada en produir-se un so eixordador. S'acabava de disparar l'alarma de Dresslàndia. En Derek havia accedit al sistema informàtic dels grans magatzems per activar-la. El seu objectiu era provocar tal caos entre la clientela, que la seva amiga es pogués escapar emparada en els centenars d'adults que anaven nerviosos cap a les portes d'emergència. Va encreuar els dits perquè la policia acudís als magatzems i allò permetés a la Nerea demanar auxili.

En efecte, així que va sonar l'alarma, els dependents de totes les plantes van començar a demanar a la gent que s'adrecés de manera ordenada a la sortida. L'Ombra continuava agafant la Nerea, però estava desconcertat per la situació. Mirava a tot arreu tractant d'avaluar quina era la millor ruta per escapar-se sense cridar l'atenció. La seva presonera va intentar deslliurar-se'n diverses vegades, però com més esforços feia, més fort l'agafava el segrestador. Va arribar a fer-li un gran blau al braç, on li van quedar marcats els dits. I així estaven quan un dependent, un noi d'uns vint anys ple de pigues i amb posat de no haver trencat mai un plat, es va acostar a la parella per demanar-los que s'afanyessin a baixar les escales.

—Auxili! —va cridar llavors la Nerea—. Aquest home em vol segrestar.

El dependent no semblava entendre el que li estaven dient, perquè es va quedar perplex, amb la boca entreoberta i amb les celles arrufades, sense reaccionar, potser esperant que el seu cervell processés la informació que havia rebut.

—Ajudi'm! —va dir de nou la Nerea.

Quan el dependent va sortir finalment del seu atordiment, va agafar el seu *walkie-talkie* per avisar els agents de seguretat. L'Ombra va reaccionar clavant-li un rotund cop de puny al nas. El noi va caure a plom sobre la moqueta, però en el seu descens va poder agafar la jaqueta de L'Ombra. Li va donar una estrebada tal, que es va veure forçat a deixar anar la Nerea per mantenir l'equilibri. Ella ho va aprofitar per començar a córrer escales avall i camuflar-se entre la gent que s'amuntegava a les sortides d'emergència.

Així que va trepitjar el carrer, es va atansar a un policia que intentava desallotjar la vorera per evitar que la gent s'hi apilés. Quan li va voler explicar el que li acabava de passar, l'agent, sense parar-hi atenció, li va clavar una empenta mentre li deia:

—Avança, noieta. No et quedis quieta.

La Nerea li va fer cas. Va decidir que era preferible aprofitar la confusió per allunyar-se com més aviat millor d'aquell lloc i córrer cap a casa seva. Allà podria explicar a la seva tieta Liz tot el que havia passat i plegades anirien a una comissaria per denunciar els fets.

Era evident que la situació se li havia escapat de les mans i que havia arribat el moment que els adults hi intervinguessin. La vida del seu germà corria perill de debò i ella s'havia deslliurat miraculosament de convertir-se també en víctima. Per segona vegada aquell vespre, les seves cames es van proposar batre un rècord olímpic.

http://17_UNA AJUDA INESPERADA

La Nerea tenia la sensació que corria des de feia una eternitat, que durant aquell dia no havia fet altra cosa que fugir, que a partir de llavors la seva vida estaria sempre amenaçada.

S'havia jurat ser forta i no defallir, però no va poder evitar que, mentre avançava corrent pels carrers de la ciutat, li llisquessin les llàgrimes galtes avall. No podia deixar de pensar que havia estat molt a prop de ser enxampada. Pels pèls no estava compartint cel·la amb el seu germà, presonera de dos bojos, a un parell de dies del sacrifici. Es va imaginar a ella mateixa lligada en una masmorra fastigosa mentre un botxí encaputxat tallava el coll del seu germà, i va plorar encara més fort.

Havia arribat el moment de posar punt final a la seva

investigació suïcida. Fins aquí havien arribat els seus somnis de convertir-se en una heroïna de pel·lícula. Però..., qui l'havia convençut que podia ser una *superwoman* capaç de vèncer els dolents, rescatar les víctimes i rebre una medalla de l'alcalde mentre la gent enfervorida l'aplaudia? Ja era hora de tocar de peus a terra. Així que estigués sana i estàlvia, trucaria a la policia i la posaria al corrent de tot. El seu propòsit d'evitar que la seva tieta s'amoïnés ja no tenia cap sentit. Les circumstàncies l'havien sobrepassat.

La Nerea corria sense parar sota els fanals, girant-se cada pocs metres per assegurar-se que ningú no la seguia i, quan girava cap a un carrer més solitari, se situava al centre de la calçada per tenir visió perifèrica i evitar que L'Ombra, en cas que aparegués, l'enxampés desprevinguda. Cada vegada que veia un transeünt una mica lluny, s'estremia en pensar que podria ser el seu perseguidor o, encara pitjor, l'home de l'ull mort. A les pel·lícules podia ser molt excitant presenciar la persecució d'una pobra noia, però en la vida real no tenia cap gràcia.

El que la Nerea no sabia era que L'Ombra ja no la perseguia, sinó que avançava en una altra direcció, cap al soterrani; i al contrari que ella, ho feia amb pas tranquil, per no despertar sospites. Trencar-li el nas a l'empleat dels grans magatzems havia estat un error gravíssim, un impuls absurd. Si un o més membres de l'equip de seguretat de l'edifici l'haguessin vist, el podrien haver reduït i haurien trucat de seguida a la policia. Tampoc no es podia descartar que les càmeres de seguretat haguessin captat el moment i que ara estiguessin imprimint imatges amb la seva cara. Per tot plegat, havia decidit abandonar el centre comercial mantenint la calma, adoptant un posat de resignació idèntic al dels clients que havien vist frustrades les seves compres, fent veure que era un ciutadà normal i corrent.

Era molt conscient que, en saber que la noia se li havia escapat, el seu superior es posaria fet una fúria. I allò sí que era perillós. Se l'imaginava perforant-lo amb el seu ull mort mentre premia la mandíbula de pura ràbia. No podia descartar que el sotmetés a un càstig exemplar que fes entendre als altres soldats que els errors es pagaven molt cars. Les molèsties per aquell mal pas serien enormes. Per començar, haurien d'abandonar el soterrani de seguida, ja que la noia en podia informar les autoritats. La fúria va fer que premés els punys. Un foc el consumia per dins.

En entrar a la porteria de casa seva, la Nerea es va sentir salvada. Es va mirar al mirall de l'ascensor i va veure una noia espantada, suada i despentinada, amb els ulls negats de llàgrimes. Es va posar bé els cabells, es va eixugar les últimes llàgrimes i va mirar el rellotge, que ni tan sols marcava les 22:30. El seu esgotament i el perill experimentat l'haurien fet jurar que era molt més tard. La seva tieta encara no hauria tornat del teatre. Una molèstia, ja que la Nerea estava angoixada per explicar-li tot el que havia passat i demanar-li que l'acompanyés a la comissaria.

Abans que l'ascensor s'aturés, va pensar que es dutxaria, es prepararia una tassa de xocolata desfeta i contactaria amb en Derek per explicar-li els detalls d'aquella nit infernal. Estava segura que devia estar ben amoïnat.

Però el que va veure en entrar a casa seva va fer que tots els seus plans saltessin pels aires. Al sofà hi havia la seva tieta Liz amb un mocador a la mà i una cara tan llarga que li arribava a terra. Més endavant sabria que la seva amiga s'havia trobat malament així que havia començat la funció teatral i havia tornat a casa abans d'hora. Assegut en una cadira davant d'ella hi havia un home que no havia vist mai. Quan s'hi va acostar, va adonar-se que tenia un ull de cada color i una llibreta a la mà. Aquells ulls tan inquietants li van provocar un calfred en relacionar-los amb els del líder de la secta. La Nerea es va espantar en pensar que es podia tractar d'un altre membre que, havent esbrinat la seva adreça, s'havia presentat a casa seva i ara amenaçava la seva tieta. Va notar com se li formava un nus a l'estómac.

En veure-la aparèixer a la sala, la Liz va fer un bot que encara la va sobresaltar més i va córrer a abraçar-la. Un devessall de llàgrimes li corria per les galtes i el plor semblava tan incontrolable que la Nerea al final es va encomanar. El desconegut els va concedir un moment abans de presentar-se:

—Hola, Nerea. Sóc el detectiu Harry. Estic al capdavant de la investigació sobre la desaparició del teu germà. Hem rebut una trucada de la universitat informant que fa uns quants dies que està desaparegut. Potser la seva desaparició té relació amb la d'altres nois que també fa temps que no són a casa seva. Hem anat al campus i sabem que vas anar a visitar-lo.

—Per què no me'n vas dir res?, per què no em vas dir que sabies que el teu germà havia desaparegut? —va fer la Liz mentre les llàgrimes continuaven recorrent-li les galtes.

—No ho sé —va contestar la Nerea.

La presència d'en Harry l'havia tranquil·litzat. De sobte va veure que el seu pla d'accelerar el rescat del seu germà agafava una gran empenta. Es va asseure al costat de la seva tieta al sofà i, agafant aire de tant en tant, els va explicar tot el que li havia passat durant els últims dies. Tot, menys una dada significativa: no va dir ni una paraula sobre en Derek. Tenia la intuïció que era millor mantenir-lo al marge, guardar-se aquella carta a la màniga per si les coses anaven malament, tenir aquella bala a la recambra.

Mentre els posava en antecedents, la Liz feia sospirs o es clavava copets als genolls o li agafava la mà, i de tant en tant deixava anar una frase que no arribava a acabar del tipus: «Ai, si els teus pares aixequessin el cap, de ben segur...»

Quan la Nerea va haver acabat el seu relat, en Harry, que no havia deixat de prendre apunts, li va fer unes quantes preguntes i, a l'últim, va afegir:

—Investigarem l'edifici on has vist els dos sospitosos. Així que sapiguem alguna cosa, us ho comunicarem. Mentrestant, extremeu les precaucions. I Nerea: res de fer-te la valenta. Si teniu cap novetat o necessiteu res, aquí teniu la meva targeta.

Quan en Harry es dirigia a la porta per abandonar el domicili, la Nerea va tenir l'impuls de fer-li una última pregunta:

—Inspector Harry... —va dir.

—Sí?

—Em promet que salvarà el meu germà?

El policia se li va acostar, li va acaronar la cara i va somriure:

—T'ho prometo.

A l'altra banda de la ciutat, L'Ombra havia recuperat la furgoneta i conduïa amb una prudència que contrastava amb la ràbia que li continuava devorant les entranyes. Malgrat el risc que implicava fer dues operacions en un període de temps tan limitat, havia de consumar el sisè i últim segrest. No hi havia cap altra opció. La fúria per haver deixat escapar la Nerea el consumia, i qui ho havia de pagar ben poc podria imaginar-se que haver acceptat aquella misteriosa sol·licitud d'amistat feia amb prou feines vint minuts, aprofitant una pausa a la feina, li havia de sortir tan car.

A Bea Michigan li quedaven encara dues hores llargues per acabar el seu torn al McDonald's on l'havien contractada. Però davant del restaurant acabava d'aparcar un vehicle, des de l'interior del qual algú la vigilava sense descans, tot esperant frustrar-li els plans de tornar a casa. Així que va haver apagat el contacte, el seu ocupant es va posar un CD de música clàssica per alleugerir la ràbia que l'atiava.

WWW. TERCERA PART

http://18_UN MALSON REVELADOR

Amb la tranquil·litat de tenir un detectiu investigant la desaparició del seu germà, la Nerea es va quedar adormida tan bon punt va posar el cap sobre el coixí. Va lliscar en el son com en una mitja de seda. Per primera vegada en els últims dies, se sentia relaxada i, en tancar les parpelles, va començar una experiència onírica d'allò més agradable.

Al principi, hi havia una casa aïllada i de grans proporcions, gairebé un palau, que acabava en un pinacle sobre el qual onejava una bandera negra. La Nerea es trobava davant del reixat principal, que estava banyat de paper d'or. El sol brillava ben amunt i la temperatura, malgrat el desert que envoltava la mansió, era perfecta. A un costat de la casa, en un pati immens, nens jugant, rient, saltant. A l'altre, una quadra amb uns quants camells, cavalls i una girafa amb un barret de copa alta. A les altures flotaven dotzenes de globus aerostàtics que esquitxaven el cel de colors vivíssims.

La Nerea va obrir el reixat, els golfos del qual van xerricar com si fes anys que no treballessin, i va contemplar la façana de l'edifici. Hi havia alguna cosa en aquella arquitectura que l'asserenava, potser l'harmonia dels elements decoratius, potser certs detalls que, sense saber per què, li eren familiars. Les finestres del palauet eren obertes i les cortines, blanques i sedoses, ballaven al so dels corrents d'aire. La Nerea va caminar per una calçada de maons de vidre que acabava als peus d'una escalinata sobre la qual s'alçava, majestuosa i imposant, la porta de la casa. Va haver de fer molta força per obrir-ne una de les fulles i accedir a un rebedor sense mobiliari però molt bell. Al centre de la sala, una escala de cargol, i als laterals, uns forats pels quals, de tant en tant, brillaven uns punts de llum de naturalesa desconeguda.

A les parets laterals s'alçaven sis portes, cada una d'un color diferent, que van intrigar la Nerea. Podia pujar per l'escala de cargol o aventurar-se per una d'aquelles entrades. Després de pensar-hi una bona estona, va triar la primera opció. Va començar a pujar per aquells graons metàl·lics, de color coure i amb maragdes incrustades, que cruixen cada vegada que hi posava un peu. A mesura que pujava, el terra del rebedor es començava a omplir d'aigua que procedia de totes les cantonades, i dels forats van arribar uns planys aguts.

Aquell somni reconfortant entrava així en el regne opac del malson. Quan va treure el cap per la primera planta d'aquell palau, la foscor es va començar a emparar de l'indret. Els porticons de les finestres es van tancar bruscament, les cortines blanques van esdevenir negres i el so emès per les criatures dels forats es va tornar eixordador. Així que es va endinsar en el pis, l'escala de cargol va iniciar la seva ensulsiada. Els cargols es van desprendre un per un i els graons i la barra central es van desplomar com un arbre acabat de talar. Enmig de l'habitació on ara es trobava la Nerea va quedar, com un pou artificial, el forat abans destinat a aquella escala.

No s'hi veia. L'únic punt de referència era el forat al centre de la sala, per on es filtrava una mica de llum. Tota la resta s'havia transformat en tenebres. Va avançar decidida a trobar alguna porta que li permetés abandonar aquell lloc. Mentre caminava, els seus peus ensopegaven amb fràgils objectes que eren impossibles d'identificar. Quan per fi va arribar a una de les parets, va notar que un líquid viscós les recobria. Li va venir una arcada.

La Nerea continuava envoltada de foscor. Va recórrer les quatre parets amb molt de compte, sempre amb por d'ensopegar amb alguna cosa desagradable, fins que es va adonar que es trobava en una sala cega, sense finestres, ni portes, ni vies d'escapament. Només aquell forat al centre del terra, òbviament inútil a causa de l'altura a la qual es trobava respecte de la planta baixa. A més, tot estava inundat.

La Nerea era conscient que estava dins d'un malson i amb totes les forces va intentar despertar-se. Es va pessigar els braços pensant que d'aquella manera abandonaria aquell somni, però només va aconseguir fer-se mal. També va pensar a llançar-se pel forat del terra. Havia sentit a dir que, en els somnis, et despertes abans de morir, així que el millor era saltar al buit quan no hi havia cap altra manera de tornar a la realitat. No va trigar a comprovar que era el típic consell més fàcil de donar que de fer. Perquè, després de col·locar-se al caire del forat i posar els braços en creu decidida a saltar, la visió d'aquella aigua fosca que prometia empassar-se-la va fer que fos incapaç de deixar-se caure.

Encara tenia els peus a la vora del precipici quan es va encendre un llumí al centre de la sala. Al principi li va semblar un misto que flotava en l'aire, sense ningú que el subjectés. A poc a poc, la luminescència va anar revelant una cara ombrívola, encaputxada, envellida. Una cara dominada per un ull immòbil i fosc, completament desproveït de vida. Quan el seu amo va bufar el llumí i les tenebres van engolir de nou la sala, la Nerea va sentir pànic i va fer un pas enrere. Va quedar amb els talons penjant en el buit. Al cap d'uns segons, quatre llumins més es van encendre enmig de la foscor i cada un d'ells va revelar una cara hostil, ferotge i esmorteïda. Com que no se'ls veia el cos, semblava que flotessin en la foscor, com caps clavats sobre estaques.

Estava envoltada per cinc homes que van deixar caure els llumins quan ja s'havien atansat prou per atrapar-la. En el moment en què els mistos es van extingir, les tenebres ho van devorar tot. El cruixit dels objectes que trepitjaven en caminar feia entendre que estaven acorralant la Nerea.

Encara al costat del forat del terra, ella no podia fer altra cosa que resar per abandonar aquell malson com més aviat millor. Però res no la salvaria. Res, tret del precipici que l'enfonsaria a les aigües negres... Ja tenia un peu penjant al buit, decidida a deixar-se caure, quan es va obrir una trapa al sostre i va emetre un raig de llum tan intens que els cinc encaputxats van recular uns passos i es van tapar les cares amb les capes. La Nerea llavors va mirar cap amunt i va descobrir la cara pàl·lida d'en Derek que mirava per la trapa, cridava el seu nom i li llançava una corda.

—Agafa-t'hi —va cridar.

La Nerea es va agafar a la corda amb totes les seves forces mentre els cinc homes, lluitant bravament contra la llum, es llançaven cap a la seva posició. En Derek va alçar el seu cos menut just quan un dels encaputxats es precipitava contra ella amb un ganivet a la mà.

Quan al final va arribar a la segona planta, en Derek va tancar la trapa i tots dos es van abraçar. La pell del noi era freda; la cara, blanquinosa; i el serrell li cobria els ulls. Tenien els rostres a menys de quatre dits i tots dos es miraven amb intensitat. L'alè de l'un es barrejava amb el de l'altra i els llavis de tots dos tremolaven. En Derek va tancar els ulls i va acostar la seva cara a la de la Nerea. I potser haguessin arribat a fer-se un petó si ella no s'hagués despertat just en aquell moment, panteixant i amarada de suor.

L'acumulació d'emocions extremes la feia sentir-se esgotada. Malgrat la bellesa del primer acte i la dolçor de l'últim, l'angoixa central d'aquell malson va projectar sobre el cor de la Nerea una ombra tan espessa que ja no es va poder tornar a adormir.

http://19_UN DIA DE CALMA IMPOSSIBLE

L'endemà la Nerea i en Derek van connectar les seves *webcams* respectives i van mantenir la conversa més llarga, profunda i íntima des que L'Ombra havia unit les seves vides.

El nen de l'habitació havia passat la nit en blanc, mort de preocupació després de rebre aquella petició de socors des de Dresslàndia. Durant les hores següents havia intentat connectar amb ella moltes vegades pel Facebook, però sempre de manera infructuosa.

La nit anterior, conscient que en Derek devia estar esperant notícies seves i amb moltes ganes d'agrair-li la seva providencial intervenció, la Nerea s'havia ficat al llit amb la intenció d'esperar que la seva tieta s'adormís per aixecar-se furtivament i encendre l'ordinador. Però la son la va acabar vencent. Estava tan esgotada que havia dormit fins passades les dotze del matí i en despertar-se es va sentir terriblement culpable. Tot i que tenia escola, la tieta Liz l'havia deixat descansar i ella mateixa no havia anat a l'oficina dient que tenia febre per poder tenir cura de la seva neboda.

Totes dues s'havien pres el dia lliure. La seva tieta va decidir que, tenint en compte l'angoixa i l'estrès a què havien estat sotmeses en les últimes hores, els aniria bé que els toqués l'aire. Per això va insistir a anar a fer un volt, dinar a la pizzeria preferida de la Nerea i, a la tarda, entrar en un cine per veure alguna pel·lícula. Podia semblar una imprudència sortir al carrer després dels esdeveniments recents, però l'inspector Harry els havia assegurat que, tot i que no se n'adonessin, hi hauria un agent vigilant-les en tot moment.

—Si ens quedem tancades aquí, pararem boges —li havia dit la tieta Liz per convèncer-la que sortissin a escampar la boira.

La Nerea només tenia ganes d'entrar al Facebook per comunicar-se amb en Derek, però en fer el gest d'asseure's davant de l'ordinador, la seva tieta es va posar furiosa:

—Però, que no has après res?! Si no fos pel maleït ordinador, res d'això no hauria passat.

—Però, tieta...

—Res de *peròs.* Si els teus pares, que en pau descansin, fossin aquí, s'haurien enfadat tant que ni tan sols t'adreçarien la paraula... I a mi tampoc. Si veiessin que us he criat tan malament, que us he protegit tan malament, que ho he fet tot tan malament, no voldrien tornar a saber res de mi.

Després d'haver dit allò, la Liz es va posar a plorar amb tant desconsol que la Nerea la va abraçar i li va demanar perdó. Se sentia fatal. Ella no volia portar tot aquell dolor a casa seva i ara s'adonava que, si hagués acudit als adults des d'un principi, probablement el seu germà ja no estaria en perill.

—Vesteix-te, que anem a fer un volt —va dir finalment la seva tieta, acceptant les disculpes d'aquella neboda que estimava amb bogeria—. És millor que ens distraguem mentre esperem que la policia ens truqui.

—Tieta...

—Digues.

—T'estimo molt i estic segura que si el papa i la mama fossin aquí t'agrairien molt tot el que estàs fent per nosaltres.

—Gràcies, reina —va respondre la tutora mentre acaronava la cara de la neboda—. Però deixem de plorar com unes magdalenes, que tantes llàgrimes faran que ens surtin arrugues.

Així doncs, a la Nerea li va saber molt de greu, però va haver de deixar en Derek enfrontat a una terrible incertesa.

Ni ella ni la seva tieta no es van poder relaxar ni gaudir gens ni mica d'aquell dia tan estrany. L'Alex continuava segrestat i allò pesava molt feixugament sobre les seves consciències. La Liz es va passar el dia fent veure que estava tranquil·la i en tot moment es va mostrar sol·lícita, però, quan creia que la seva neboda no la mirava, la cara se li enfosquia, les mans masegaven la bossa de mà i els ulls se li humitejaven. No volia ni imaginar-se què passaria si la policia fracassava i el seu nebot era... (ni tan sols gosava ordenar al seu cervell que formulés la paraula «assassinat»). Ja havien enterrat els pares de la Nerea; si ara fessin el mateix amb el germà, la noia no ho suportaria. Massa dolor per a algú tan jove, massa injustícies per a qui tenia tota la vida per davant; massa llàgrimes per a una noia que abans, quan els seus pares vivien, es passava el dia rient.

La policia havia de rescatar l'Alex per demostrar a la Nerea que el món no era un lloc tan infernal com semblava. I la tieta Liz desitjava tant que la seva neboda fos feliç que aquell dia, mentre caminaven cap a la pizzeria, es va aturar en sec, es va agenollar davant de la Nerea i, seguint un impuls, li va dir:

—Vull que sàpigues una cosa.

—Digues.

—Passi el que passi, jo sempre seré al teu costat.

La Nerea es va estremir en sentir aquelles paraules. Entre línies, implicaven que la seva tieta concebia la possibilitat que al seu germà li passés alguna cosa espantosa.

—No vull que l'Alex es mori —va cridar de sobte la Nerea alhora que esclatava en sanglots.

—No li passarà res, reina meva. Però hem de ser fortes. Tu i jo hem de ser l'una per a l'altra com una roca a la qual t'agafaries per sobreviure durant un temporal. Entens el que vull dir, petita, ho entens?

—Sí, ho entenc.

Cap de les dues no es va poder acabar la pizza. Trencar el silenci durant el dinar va ser més difícil que destapar una ampolla de cava amb les dents. Després de marxar del restaurant, van anar al cinema i, si algú els hagués preguntat a la sortida què els havia semblat la pel·lícula, ni haguessin pogut dir res, ni tan sols explicar-ne l'argument.

Després, la seva tieta va insistir a comprar-li alguna cosa i, tot i que la seva neboda li va repetir que no necessitava res, al final va acceptar uns texans massa cars per a l'economia familiar. La Nerea feia setmanes que hi pensava, però ara que els tenia dins d'una bossa li semblava una bestiesa haver dipositat tanta il·lusió en un estúpid tros de tela.

Van arribar a casa igual o pitjor de com estaven abans d'anar-se'n. Tristes, buides, consumides per la preocupació. Malgrat que totes dues havien donat a l'inspector Harry el seu número de mòbil per ser localitzades en qualsevol moment (saltant-se la prohibició d'apagar-lo a la sala de cinema), la tieta Liz no va poder evitar de revisar el telèfon fix per comprovar si hi havia cap trucada perduda. Només una: la tintoreria que li deia que el vestit ja estava a punt.

Al sopar ni tan sols es van esforçar per parlar; es limitaven a fer fugaços cops d'ull a aquella pantalla del mòbil que mai no s'il·luminava. Quan la Nerea finalment es va poder connectar a Internet gràcies a la distracció que van oferir a la seva tieta les santes notícies, en Derek la continuava esperant. Així que la icona li va indicar que la seva amiga s'acabava de connectar, se li va il·luminar la cara, va encendre la seva *webcam* i va trucar a la Nerea.

—Déu meu, Nerea! Fa vint-i-quatre hores que estic pendent de tu! Ja em començava a témer el pitjor. Estàs bé? Va funcionar l'alarma als grans magatzems? Què t'ha passat?

Malgrat les circumstàncies tan dramàtiques que envoltaven aquella jornada, la Nerea va sentir un agradable formigueig a l'estómac en comprovar que en Derek estava realment amoïnat per ella. Les bosses sota els ulls que mostrava el feien encara més atractiu i, per primera vegada, el serrell no li tapava els ulls, que van aparèixer verds, grossos i misteriosos. Hi havia alguna cosa en aquella mirada que anava més enllà de la tristor, una cosa que suggeria una constel·lació de sentiments àvids per esclatar. El dia que aquell noi sortís de l'habitació on vivia clausurat es desfermaria una tempesta d'emocions.

La Nerea el va posar al corrent de les circumstàncies de la nit anterior, i li va explicar amb tots els ets i uts el seu descobriment del soterrani on sospitava que retenien el seu germà, la seva fugida corrents en ser descoberta, la persecució pels grans magatzems, el retrobament amb la tieta Liz, la conversa amb l'inspector Harry i els tristos recorreguts per la ciutat durant aquella jornada. Li ho va explicar tot amb calma, delectant-se amb l'atenció que en Derek li parava, i no es va deixar ni un detall. I si la seva tieta no hagués tret el cap de sobte per la porta per dir-li bona nit, no s'hauria adonat que feia més de dues hores que xerrava amb El nen de l'habitació.

En aquesta ocasió, la seva tutora no va fer cap comentari en descobrir la seva neboda amorrada a la pantalla. No tenia forces per discutir i, en el fons, entenia que, malgrat els esdeveniments recents, la informàtica formava part de les noves generacions de la mateixa manera que la televisió havia format part de la seva. Li va llançar un petó i se'n va anar a la seva habitació en silenci.

—Si no estem equivocats, demà és el dia triat pels Koruki-ya per al sacrifici —va dir en Derek—. És possible que la intenció original dels membres de la secta fos fer-lo al soterrani, però ara que els has descobert deuen haver hagut de buscar un lloc nou.

—Tens raó. Quan vaig aconseguir escapar-me, L'Ombra segurament va córrer al seu cau per traslladar els segrestats a una altra banda. Altrament, la policia ens hauria anunciat la seva detenció, ja que vaig donar a l'inspector Harry les dades exactes.

—Confiem que la policia faci la seva feina, però no pas per això hem d'abandonar la investigació. Continuaré navegant a veure què més trobo sobre la secta. El temps se'ns tira a sobre.

—Jo demà he de tornar a l'escola, però buscaré la manera de saltar-me l'entrenament de bàsquet de la tarda i tornaré al més aviat possible a casa per parlar amb tu i veure què has pogut esbrinar. Tot i que confio que la policia se'ns avanci.

—Perfecte. Entre tots ho aconseguirem, confia en mi.

—Confio en tu. Valoro moltíssim el que estàs fent per mi i pel meu germà. No sé com agrair-t'ho.

—No hi pensis, ja trobarem la manera quan tot això s'acabi.

—Sí... Em sap greu, però t'he de deixar. Estic segura

que la meva tieta està pendent de si vaig al llit o no. Ha tingut un dia molt dur i no li vull donar més motius de preocupació.

—D'acord, intenta descansar. Fins demà.

—Fins demà. Un petó.

La Nerea va apagar la càmera abans que en Derek es pogués adonar que s'havia posat vermella. Se li havia escapat aquell comiat amb «un petó» inclòs i ara sentia que l'envaïa la vergonya. El seu inconscient li havia fet una mala passada. S'havia imaginat a ella mateixa incorporant-se cap a la *webcam* i fent un petó de bona nit a en Derek. Les seves paraules havien delatat el que desitjaven els seus llavis.

Per la seva banda, El nen de l'habitació hauria pogut aguantar una altra nit sencera sense dormir si hagués pogut continuar parlant amb ella. Aquell petó virtual que la Nerea li havia llançat li va deixar una expressió babaua a la cara durant la llarga estona que encara va passar davant de l'ordinador per avançar en la investigació.

L'endemà, mentre la Nerea esquivava a l'escola les preguntes de les seves amigues sobre on havia estat el dia anterior i feia constants cops d'ull a la pantalla del mòbil, en Derek, tot i que amb prou feines havia dormit, es va concentrar a buscar més pistes sobre L'Ombra.

Treballava a contrarellotge, ja que aquell era el dia assenyalat per al sacrifici. Per més que va navegar durant tot el matí, no va trobar cap altra notícia o document secret que li aportés nova informació sobre la secta. Va enviar l'enèsima tanda de missatges d'ajuda a altres internautes que van resultar del tot inútils. Després d'haver pres un plat d'amanida amb arròs i una Coca-Cola Zero, va estudiar les dades del pis on havia estat la Nerea la nit anterior. Només va trobar informació sobre la mestressa de la finca, una senyora de 67 anys que vivia a tres-cents quilòmetres de la ciutat. De ben segur que la pobra dona no tenia ni idea del tipus de persones que havia ficat entre aquelles quatre parets.

La frustració el començava a dominar, per la qual cosa va fer quatre sèries de pesos. En acabat va decidir tornar a mirar els perfils d'aquells que havien agregat L'Ombra com a amic. Suposava que tots ells havien estat segrestats. Va fer servir un programa creat per ell mateix que buscava coincidències en els perfils d'aquells nois i noies. En menys de deu minuts, l'ordinador li va revelar que les seves dates de naixement sumaven sis. Sens dubte era una dada rellevant que aclaria algunes coses sobre per què L'Ombra havia triat aquells joves i no pas d'altres dels molts que navegaven cada dia pel Facebook. Però tampoc no aportava res d'interès respecte del lloc on els membres de la Koruki-ya pensaven dur a terme el sacrifici. Se sentia impotent, incapaç de fer res des de les quatre parets de la seva presó particular.

Com que l'exercici l'ajudava a concentrar-se i li refrescava les idees, es va posar a fer unes flexions. Quan començava la quarta sèrie, una bombeta se li va encendre al cap. D'un bot es va col·locar davant de l'ordinador i va tornar a llegir el manifest de la secta Koruki-ya, on s'anunciava que el 20 de febrer de 2011 moririen 64 impurs. El número li sonava, com si l'hagués vist anteriorment en alguna banda. De seguida va revisar les seves notes i va comprovar amb exaltació que el número de la casa on havia acudit la Nerea també era el 64. Va encreuar els dits perquè la pista fos geogràfica i va buscar tots els números 64 que hi havia repartits pels carrers de la ciutat. N'hi havia a centenars. Va descartar els dels barris més cèntrics i benestants, com també tots aquells que pertanyessin a comerços, esglésies, residències de gent gran, oficines i altres edificis escassament sospitosos de contenir una organització clandestina. Els resultats es van reduir considerablement, però continuaven sent excessius.

En centrar-se en les zones de l'extraradi, va topar-se amb una notícia que li va cridar molt l'atenció. L'ajuntament havia tancat un popular *afterhours* anomenat '64' després d'haver donat llum verda a un pla de rehabilitació del polígon industrial on es trobava. La decisió havia provocat avalots entre els clients del local i la policia. Mesos després, les obres encara no havien començat, però l'ajuntament s'havia encarregat de posar-hi tanques per evitar que hi tornessin els troneres. Enfonsada en l'abandonament, la nau industrial havia estat envaïda per la brutícia i les rates famolenques. Ningú amb dos dits de seny no s'acostaria a un indret com aquell.

En Derek era conscient que no tenia una base gaire sòlida, que allò era com disparar una arma en la foscor i esperar fer blanc, però no tenia cap altra alternativa. Amb una eufòria una mica continguda, va obrir el Facebook per connectar-se de seguida amb la Nerea, però ningú no va respondre els seus múltiples missatges. Va encreuar els dits perquè tornés aviat. Si s'havia pogut escapar de l'entrenament de bàsquet, al cap de mitja hora estarien connectats.

El que en Derek no sabia era que la seva companya de batalles havia rebut la visita sorpresa de la seva tieta, que en un senyal de suport no s'havia volgut perdre la classe i havia obligat la seva neboda a quedar-s'hi. Per si no n'hi hagués prou, la Nerea havia oblidat que tenia una cita amb el dentista que la Liz la va obligar a complir. Era la segona vegada que fallava de manera consecutiva a la persona que estava fent més coses per ella. Si la impotència hagués estat un bon anestèsic, no hauria necessitat cap de les tres injeccions que li van posar per poder matar-li el nervi del queixal. Si més no, abans d'entrar a la consulta li va poder enviar un missatge a través del mòbil explicant-li el contratemps.

Així que el va rebre, en Derek va decidir trucar a la comissaria. Les vides de moltes persones estaven en perill. No podien jugar a fer-se els herois. Havia estat un error no demanar a la Nerea el número de mòbil d'en Harry, però s'imaginava que hi podria parlar. Quan li van dir que l'inspector havia sortit, va penjar l'auricular. Al cap d'uns minuts, la Nerea va tornar a casa seva. Va dir a la seva tieta que soparia més tard, que no tenia gana, i es va tancar a la seva habitació. Va volar cap a l'ordinador.

En Derek no va perdre el temps. Li ho va explicar tot a velocitat meteòrica. Les paraules li sortien disparades de la boca com projectils que desafiessin la capacitat d'assimilació de la seva amiga. La Nerea va agafar de seguida el mòbil i va trucar a en Harry. Li va saltar el contestador. Va deixar-li un missatge en què li demanava que li truqués de seguida, que era molt urgent, que havia trobat una pista molt i molt important. Si sumaves 6+4, a més d'obtenir el nom de l'antiga discoteca on probablement es duria a terme el sacrifici, el resultat era deu. El número que simbolitzava la perfecció. A la Nerea li quedaven tres hores per contactar amb en Harry o prevenir pel seu compte l'assassinat del seu germà.

http://20_L'HORA DEL SACRIFICI

Durant l'hora següent, la Nerea va trucar a en Harry cinc vegades i es va rosegar les ungles amb tanta insistència que al final es va fer sang. Però l'inspector tenia el mòbil apagat. Cada trucada inútil era un clau en el taüt del seu germà. A la centraleta de la comissaria va demanar de parlar amb algun cap, però no ho va aconseguir. Van intentar convèncer-la que en Harry era el seu millor detectiu i que de ben segur tenia el cas controlat.

La tieta Liz s'havia passat l'última hora a la cuina, amb les mans plegades, esperant una trucada que li anunciés l'alliberament del seu nebot. La Nerea havia recorregut el passadís sigil·losament i havia descobert la seva tutora amb la mirada al sostre, segurament resant, en actitud contemplativa. No la va voler interrompre i va tornar a la seva habitació, on va observar amb infinita frustració el moviment de les busques del rellotge. Si els seus càlculs no fallaven, només quedava una hora i quaranta-cinc minuts per al sacrifici. Farta d'esperar, va agafar per última vegada el telèfon i va marcar el número de l'inspector. Si no responia, hi hauria d'intervenir pel seu compte. Quan va tornar a saltar el contestador, la Nerea, aprofitant que la seva tieta continuava conversant amb Déu, va sortir del pis. Per segona vegada, la seva promesa de no intentar ser una heroïna de pel·lícula quedava aixafada sota el pes de la desesperació. «Em sap molt de greu, tieta, perdona'm», va pensar així que va trepitjar el carrer.

La discoteca 64 es trobava a l'altra banda de la ciutat, en una zona plena de naus industrials abandonades, on molts joves dels anomenats «poligoners» acudien els caps de setmana per divertir-se en els seus locals nocturns. El taxista es va mostrar estranyat que una noia tan jove volgués anar a un lloc tan poc recomanable, però encara el va sorprendre més que ho volgués fer un dia en què les discoteques ni tan sols eren obertes. Quan van arribar al polígon, el conductor li va preguntar si estava segura de voler quedar-se en un indret tan solitari. La Nerea es va fer la valenta dient-li que no s'amoïnés, que tot estava controlat, que havia quedat amb uns amics. Per assegurar-se que aquell home no es fiqués en aquell assumpte, li va donar una bona propina.

Al cap d'uns segons, quan el taxi va desaparèixer per un dels carrers i quan l'escassa il·luminació de l'àrea va enfosquir encara més els edificis de l'entorn, la Nerea va sentir un calfred que li recorria l'espinada. Després del trauma passat als grans magatzems, ara es trobava tota sola en un lloc inhòspit, a punt de fer una nova bogeria. No es reconeixia a ella mateixa, la seva vida havia pres uns camins demencials.

Havia demanat al taxista que la deixés a uns dos-cents metres de l'antiga discoteca 64 perquè no volia que els membres de la secta la veiessin arribar. Després havia caminat, sempre entre ombres, fins a entrellucar la façana de la fàbrica, de la qual penjava, esgavellat i rovellat, un rètol gegantí en què es podia llegir: «Oberta seixanta-quatre hores seguides». La Nerea mai no havia entrat en una discoteca perquè la seva edat, i la seva tieta, li ho impedien, i no entenia quina gràcia tenia passar-se seixanta-quatre hores en un lloc fosc, tancat i asfixiant. Però ara allò no tenia cap importància. Havia de salvar el seu germà i tot pensament que la desviés d'aquell objectiu li semblava una pèrdua de temps.

Es va atansar amb prudència a una de les entrades de l'edifici. No estava segura que la secta pensés utilitzar aquell lloc per dur a terme el sacrifici, però confiava en la intuïció d'en Derek. No hi havia cap altra esperança. La porta d'emergència va fer tal xerric quan la Nerea la va empènyer que allò va provocar que s'estremís. No l'havien de descobrir abans d'hora i menys per un error absurd.

L'interior de la nau industrial li va recordar una gruta. Gairebé no podia veure la runa que s'amuntegava a terra i que la feia ensopegar de tant en tant. No s'havia endut cap llanterna, ni un encenedor, així que va avançar per la sala arrambada a la paret, guiant-se pel tacte d'un mur que, de cop i volta, va quedar interromput per la barra on antigament se servien les copes i, després, pels altaveus que els amos de la discoteca havien abandonat. La humitat era molt enganxosa. Semblava una presència viva que l'envoltés, que l'espiés, que s'avancés als seus moviments. Aquella viscositat li va fer pensar en el malson que havia patit la nit anterior, en què havia palpat unes parets que semblaven impregnades d'una mucositat d'allò més desagradable. No creia que aquell somni hagués estat premonitori, o més ben dit, no s'ho volia creure, perquè en el malson ella era atacada per cinc homes que no voldria trobar-se en la vida real.

En arribar al punt diametralment oposat a la porta d'entrada, la Nerea va percebre una llum tènue, gairebé un esclat, que provenia d'una escala estreta que baixava fins al soterrani d'aquell lloc. S'hi va acostar a poc a poc i, quan finalment va poder treure el cap, va sentir un so procedent de la planta inferior. Va baixar els graons amb cautela, sentint la feblesa a les cames, envaïda per un pànic que la incitava a abandonar-ho tot i córrer cap a una comissaria. Però no hi havia temps. Segons els seus càlculs, quedaven menys de vint minuts perquè es complís el termini fixat pels membres de la secta per assassinar els sis segrestats. La Nerea es va armar de valor, va respirar fondo i va continuar baixant cap a un lloc que en aquell moment li va semblar el cau del diable.

Quan va arribar a l'últim graó, va entreveure, al fons, una porta d'accés a una segona sala de la qual emanava una llum titil·lant, segurament procedent d'unes espelmes. Era un bon senyal; allà hi havia algú. En acostar-s'hi va trepitjar els trossets d'un got de vidre que hi havia a terra i el cruixit va ressonar per tota la sala. Es va aturar un instant, amb por d'haver estat descoberta, sobretot perquè a la sala contigua, la de les espelmes, li va semblar percebre un moviment d'ombres.

La Nerea mai no va saber quanta estona es va estar quieta com una estàtua, aguantant la respiració, tot esperant detectar alguna cosa sospitosa i pensant que li havia arribat el final. Al cap d'una estona, en comprovar que no passava res, va continuar avançant i, en treure el cap per una porta, va veure els sis segrestats lligats de mans a uns llistons de fusta en forma d'ics. El seu germà era el tercer per la dreta. Tenia el pit descobert i semblava desnodrit, pàl·lid, exhaust. Movia el cap lleugerament, com si no tingués forces per aguantar-lo dret, i tenia la mirada perduda, com si l'haguessin sedat amb alguna droga. Per un moment va semblar que els seus ulls es trobaven, però en Saturn no va mostrar cap mena de reacció. O no l'havia reconeguda o el seu cervell no havia processat el que havia vist.

La Nerea va contenir les ganes de plorar de l'emoció. Havien encertat el lloc i el seu germà era viu. El seu impuls inicial va ser començar a córrer cap a l'Alex per alliberar-lo dels seus lligams, però va aconseguir controlar els seus instints. Havia d'avaluar la situació, no s'havia de precipitar. Va mirar arreu de la sala intentant localitzar els membres de la secta, però no hi havia ningú. Potser s'estaven preparant per al ritual, amagats en una altra habitació, murmurant antics sortilegis d'invocació als déus malignes que adoraven. També podia ser que s'haguessin amagat en sentir el cruixit de vidres que la Nerea havia provocat feia uns segons i que esperessin que entrés en aquella sala per enxampar-la. No hi havia manera de saber-ho, així que va continuar immòbil una estona, sense saber què fer, reflexionant sobre el moviment més intel·ligent.

De sobte va sentir un cop de porta al capdamunt de l'escala. Acabava d'arribar algú. L'individu va començar a baixar els graons, amb la qual cosa bloquejava l'única via d'escapament possible. Abans que no arribés al soterrani, la Nerea va córrer a amagar-se darrere d'unes caixes de cartó amuntegades en un racó, des d'on va poder veure els peus del desconegut, a continuació el cos i finalment el cap, que estava cobert per una caputxa.

Duia una torxa a la mà i deixava un rastre luminiscent darrere seu. Avançava amb parsimònia, obeint alguna mena de ritual, i la seva respiració ressonava entre les quatre parets. L'home misteriós es va aturar enmig de la sala, com si alguna cosa li hagués cridat l'atenció, i va moure la torxa a banda i banda del seu cos, per poder il·luminar tota l'estança, i va observar amb atenció al seu voltant. La Nerea va acotar el cap quan la llum es va aturar al racó on era amagada. Es va posar d'esquena com si allò la pogués protegir. Li petaven les dents, els genolls li flaquejaven, el cor el tenia desbocat i els pèls els tenia de punta. El veritable terror va arribar quan, enmig de les ombres, una mà va apartar les caixes i la torxa es va interposar entre la seva cara i la caputxa d'aquell ésser malvat.

—Coi de nena! —va dir l'home.

La Nerea es va voler escapar apartant-se cap a una

banda, però el membre de la secta va ser més ràpid i la va poder enxampar. La va agafar d'un braç i, amb una estrebada, la va aixecar enlaire. La Nerea va volar uns segons abans de caure de morros contra el terra. Es va voler aixecar ràpidament, però aquell home era més veloç, més musculós, més àgil. La va agafar de nou per un braç i la va obligar a incorporar-se. Després la va arrossegar cap a la porta darrere la qual hi havia els sis segrestats. La Nerea va fer servir l'única arma que en aquell moment tenia en poder seu: les dents. Va fer una bona mossegada al canell de l'home, que va udolar de dolor abans de deixar-la anar.

Quan es disposava a començar a córrer de nou, el segrestador la va agafar amb l'altra mà i tots dos es van esbatussar en una baralla desigual. La Nerea clavava cops de peu i el segrestador l'agafava cada cop amb més força i li feia molt de mal. Durant el forcejament, la Nerea va aconseguir agafar la caputxa d'aquell malvat i, d'una estrebada, l'hi va arrencar. En veure aquella cara, es va ensorrar. Era l'inspector Harry!

El fet de descobrir que aquell policia, l'única persona que la podia haver ajudat, era un membre de la secta va fer que la Nerea desistís del seu afany per alliberar-se'n. Totes les energies la van abandonar com si algú l'hagués apagat amb un interruptor.

Conscient que la seva aventura ja s'havia acabat, segura que ella també seria sacrificada juntament amb els altres sis nois, va sentir una onada de desesperació. Ja no li importava res. El món era un lloc cruel, traïdor, injust. En Harry, en veure que la seva contrincant ja no mostrava oposició, va acostar la cara a la de la Nerea, li va clavar aquells ulls de diferent color que ara semblaven els d'una bèstia famolenca i li va murmurar:

—Avui moriràs.

A la Nerea li hauria agradat posar-se a plorar, però estava tan superada per les circumstàncies que no podia. Tot li semblava aliè, com si fos l'espectadora d'una pel·lícula. La vida havia perdut l'interès. No quedaven homes bons al món. Tots, absolutament tots, amagaven un monstre en el seu interior.

Quan l'inspector Harry la va començar a arrossegar cap a l'habitació on es trobaven els sis segrestats, la Nerea va pensar en la seva tieta Liz. La va imaginar resant a la cuina, demanant a Déu que l'ajudés, que salvés el seu nebot. La seva tieta ni tan sols s'havia assabentat que ella també estava en perill. La creia tancada a la seva habitació, davant de l'ordinador, esperant notícies sobre en Saturn. La Liz era l'únic ésser bell en el món, va pensar. Aquella dona havia maldat per convertir-se en una mena de mare per a ella i l'Alex, en algú que mai no els abandonaria, en la persona que sempre vetllaria pels seus interessos. Ara s'acostava la mort de tots dos i la Nerea s'imaginava l'horrible dolor que el cor de la seva tieta sentiria per sempre. Un boig la tenia a mercè seva, però la Nerea no plorava per la seva pròpia sort, sinó per la seva tieta. La ironia era que la Liz devia estar suplicant mentalment a l'inspector Harry que les ajudés.

Estava tan abstreta en aquests pensaments i sentia una pena tan gran que no va reaccionar quan la cara d'en Harry va canviar de cop i volta. L'home es va aturar en sec.

Els ulls ferotges es van obrir com unes taronges, un fil de bava li va caure per la comissura dels llavis i les ninetes se li van dilatar bruscament. Després va deixar anar el braç de la Nerea i va caure a plom. La nena es va quedar quieta, sense entendre què passava, i va observar el cos del seu segrestador. Jeia a terra fora de combat. Era la seva oportunitat per escapar-se. Es va aixecar ràpidament i, en fer mitja volta, va descobrir en Derek darrere seu. Duia el bastó amb el qual acabava de clavar un cop a l'inspector i, malgrat la pallidesa de la seva cara, s'esforçava per somriure a la seva amiga. Ella s'estava bocabadada, paralitzada per l'emoció. Només va reaccionar quan ell la va abraçar amb totes les seves forces. En sentir el cos del noi contra el seu, l'escalfor la va retornar a la vida.

http://21_LA GRAN EVASIÓ

A la Nerea li va semblar que el món havia deixat de girar sobre el seu eix. Per uns moments, va desaparèixer la inhòspita nau industrial on es trobaven i es va oblidar dels sis segrestats que agonitzaven a pocs metres. No es podia creure el que veien els seus ulls. Ni tampoc el que sentia la seva pell. Estar somiant era més probable que sentir els braços d'en Derek que l'embolcallaven. No tenia clar què li resultava més difícil: frenar les ganes de vessar les llàgrimes d'alleujament que se li amuntegaven als ulls o les de besar-lo com a mostra d'agraïment passional.

Encara atordida, només va ser capaç de murmurar-li el «gràcies» més sincer que havia dit mai. Les preguntes pugnaven per sortir-li de la boca: com havia estat capaç en Derek d'abandonar el tancament de casa seva?, com havia arribat fins allà?, com havia aplegat el coratge per enfrontar-se a l'inspector Harry?... Volia expressar amb paraules les dotzenes d'interrogants que li voltaven pel cap, però tots dos van intercanviar una mirada de complicitat en la qual quedava implícit que havia arribat el moment d'actuar amb rapidesa i determinació. Ja hi hauria temps per a explicacions. Si és que hi havia un després.

En Derek va començar a respirar amb dificultat. Semblava com si acabés de fer una cursa de fons. Sentia com se li ennuvolava la vista, el sostre s'eixamplava, les parets s'estretien i la sala girava sobre el seu cap. Havia descobert que si premia els punys amb força aconseguia tornar en si i recuperava parcialment la concentració. Així que no va voler alarmar la Nerea amb els seus problemes. S'estimava més limitar-se a mirar-la. Amb la *webcam* no havia pogut distingir les pigues que li esquitxaven el nas, un detall que la feia encara més adorable. Tampoc no havia apreciat del tot la immensitat dels seus ulls, on ara es veia reflectit.

—Queden dotze minuts per al sacrifici —va aconseguir dir fent un gran esforç—. Quan era a punt d'entrar a la nau, he pogut amagar-me a temps per evitar trobar-me amb un altre membre de la secta.

—Tenia un ull mort?

—No n'estic segur, no li he pogut veure gaire bé la cara. Crec que s'adreçava a un rafal a buscar alguna cosa, i això amb una mica de sort ens donarà uns minuts per intentar alliberar el teu germà. Tot i que...

En Derek no havia acabat la frase quan es van sentir unes passes properes i un soroll metàl·lic, sens dubte procedent d'un aparell elèctric situat per allà a la vora. Tots dos van recular amb lentitud fins al lloc més fosc de la sala. Van anar amb molt de compte de no trepitjar un Harry que havia quedat absolutament KO després del cop, però, per precaució, el van lligar de peus i mans amb cinta adhesiva i li van tapar la boca amb un mocador. Veure moltes pel·lícules també tenia els seus avantatges. Es van amagar darrere d'unes caixes.

Quan L'Ombra va entrar a l'habitació, va fer l'efecte que les flames de les torxes disminuïen de manera sincronitzada. Duia la caputxa posada, però la Nerea no va poder evitar que se li escapés un «ai» d'angoixa en reconèixer la gegantina esquena i les botes de cuir del paio que gairebé l'havia capturada als grans magatzems. Va agafar la mà d'en Derek per asserenar-se i ell la hi va prémer amb fermesa. L'Ombra transportava dues galledes grans d'aigua i duia un *walkie-talkie* penjat del cinturó.

—Harry? Harry? On ets? Merda, vine a ajudar-me amb això —va cridar, però, quan es va adonar que el seu company no era a la sala, va murmurar—: Aquest sempre fugint d'estudi. Ja sabrà el que és bo.

La Nerea i en Derek van témer que l'inspector es despertés amb els crits, però continuava fora de combat. Els que sí que van contestar a la veuarra de L'Ombra van ser els nois lligats als llistons de la sala contigua. Alguns d'ells van sortir de la seva letargia i els seus gemecs van inundar la sala. Allò va provocar un somriure sàdic en els llavis del seu segrestador.

—Feu bé de tenir els ulls ben oberts. Ja us podeu anar

espavilant, perquè volem que estigueu atents als vostres últims moments en aquest món.

Per assegurar-se que es complien els seus desitjos, va agafar una de les galledes i va anar tirant aigua a la cara de les seves víctimes. La majoria no va poder contenir el plor en recuperar la consciència i veure's penjats com porcs en un escorxador. L'Alex era dels pocs que mantenien la calma i es limitava a fer una cara d'infinit menyspreu davant del seu segrestador. La Nerea va sentir una fogonada d'orgull. Des de petita havia sabut que el seu germà estava forjat amb el material dels valents.

—I ara digueu-me: de què us serveixen els vostres estúpids ordinadors? Eh? Apa, qui sap la resposta? On són les dotzenes d'amics del Facebook quan esteu en perill? Jo us ho diré. No us serveixen per a res. No us salvaran! D'aquí a deu minuts sereu tots morts.

L'Ombra va desaparèixer uns instants en la foscor i va tornar amb un maletí. El va posar a l'altura del pit i el va obrir perquè tots el poguessin veure. Els plors dels nois es van fer més intensos i tots ells, sense excepció, van començar instintivament a moure els braços en un inútil intent d'alliberar-se dels lligams. El maletí contenia una col·lecció d'imposants ganivets de caça, tan esmolats i lluents que podrien tallar un rinoceront per la meitat. Testimoni del sofriment i la desesperació de les seves preses, L'Ombra va emetre una riallada que semblava que provingués de les catacumbes de l'infern. I en aquell moment precís va arribar una transmissió des del *walkie-talkie*. En Derek i la Nerea no van sentir el que deia la veu metal·litzada, però per la cara d'enfadat de

L'Ombra van deduir que eren males notícies. Furiós, va abandonar l'habitació cames ajudeu-me, però abans es va girar per exclamar amb fàstic:

—De seguida torno per acabar amb vosaltres!

L'Ombra va tornar a pujar les escales buscant una millor cobertura per poder comunicar-se amb el seu cap, el qual dirigia l'operació des d'un lloc secret per si alguna cosa sortia malament. La Nerea i en Derek van abandonar el seu amagatall sigil·losament. Els segrestats continuaven consumits per l'angoixa. Alguns encara forcejaven amb les cordes, mentre que d'altres s'havien donat per vençuts i només gemegaven. En veure els dos nois que entraven a la sala, la incredulitat i l'esperança se'ls van materialitzar a les cares. Només un d'ells, l'Alex, va poder dir alguna cosa:

—Nerea!

La seva germana es va posar un dit als llavis per indicar-li que estigués callat i el va abraçar. En Derek va obrir el maletí amb els ganivets que L'Ombra havia abandonat i va tallar les cordes que subjectaven els segrestats. La pal·lidesa del seu salvador, juntament amb la seva roba completament negra i els seus moviments tremolosos, van fer que el miressin amb estranyesa i desconfiança. Així que van ser alliberats, tots ells van seguir les indicacions de la Nerea, que els va ordenar que es posessin en fila i la seguissin.

En la seva fugida cap a l'exterior, en Derek no deixava de prémer els punys. A cada pas esperava trobar-se amb L'Ombra, així que maldava per mantenir la calma i estar atent a qualsevol sorpresa. Però de cop va sentir una terrible fiblada al cap i unes ganes irrefrenables de vomitar. Era la mossegada del pànic. En el moment més inoportú, la seva malaltia ressorgia amb virulència. Les ganes de tornar a la seva habitació es van incrementar fins a l'agonia. Incapaç de caminar, es va deixar caure sobre els graons i va amagar el cap entre les cames.

La Nerea va acudir ràpidament a ajudar-lo i l'Alex, en veure com s'estava desenvolupant tot i en sentir els plors dels altres segrestats, va saber que havia d'agafar les regnes de la situació. Quedaven pocs metres per sortir a l'exterior, així que va apartar la seva germana, va agafar en Derek per les aixelles i se'l va carregar a l'esquena mentre reprenien el camí.

A l'entrada de la nau industrial hi havia la furgoneta de L'Ombra. L'Alex va conduir tot el grup fins al vehicle i els va ordenar que es fiquessin a dins. En fer-ho, un d'ells va fer un crit. La resta es va girar amb cares de terror per descobrir alguna cosa en un racó. Es tractava del cos d'un adult que jeia inconscient i lligat de mans. Era viu, perquè respirava, tot i que amb penes i treballs. Cap dels nois no podia saber que es tractava de l'agent Meloux. La seva perspicàcia en descobrir com el número 6 unia tots els desapareguts li havia costat cara. En Harry no podia deixar caps per lligar i s'havia encarregat que L'Ombra el segrestés. La secta pensava liquidar-lo quan hagués enllestit el ritual.

L'Alex va buscar i rebuscar les claus a l'interior del vehicle. Va mirar pertot arreu i, quan ja estava a punt de donar-se per vençut, li va arribar la veu tremolosa d'en Derek:

—Has de fer un pont.

—No sé fer ponts.

—Agafa això —va dir en Derek mostrant-li una navalla de petites dimensions—. Has de treure la tapa de sota el volant. Hi veuràs diversos cables. Pela'ls i combina els de diferent color fins que el motor es posi en marxa. No els uneixis, només frega'ls.

—Com dimonis saps aquestes coses?

En Derek se'l va mirar de reüll:

—Fes-ho JA!

L'Alex va començar a seguir les indicacions d'aquell noi pàl·lid que tremolava com un full de paper. Quan el motor va rugir, en Saturn va prémer l'accelerador a fons. Tothom cridava d'alegria, els nois s'abraçaven i ploraven de joia. A punt de passar la tanca, un esclat de llum els va encegar i una pedra es va estampar contra el parabrisa i va dibuixar una teranyina per tot el vidre. L'Alex va fer un cop de volant i el motor es va calar. Confosos i espantats, no entenien què havia passat. Fins que, a uns cinquanta metres, es va retallar la figura de L'Ombra. Era al bell mig del camí, amb una llanterna en una mà i un bat de ferro. La seva cara era una pura expressió de fàstic i odi. El soroll del motor l'havia tret bruscament de la seva infructuosa recerca d'en Harry. Acabava de jurar al seu cap que tot estava en ordre. Si no resolia allò, era home mort.

L'Alex es va ajupir per buscar de nou els cables que, sota el volant, arrencaven el motor. Però no aconseguia combinar-los de manera correcta. L'Ombra va començar a córrer cap a ells, els passatgers van cridar i l'Alex va ajuntar debades altres cables. El segrestador es va acostar encara més. La furgoneta continuava sense posar-se en marxa. Quan l'enemic era a vint metres, el motor per fi va tornar a la vida. L'Alex va trepitjar a fons l'accelerador, sense tenir marge de temps ni de maniobra per altra cosa que no fos atropellar L'Ombra. En impactar contra el xassís del cotxe, el seu cos va rebotar sobre el capot, va enfonsar el parabrisa i va rodar sobre el sostre fins a caure per la part del darrere del vehicle.

Els crits es van multiplicar a l'interior de la furgoneta, però l'Alex no es va desconcentrar. Va continuar conduint i van abandonar el polígon a tota velocitat. Darrere quedava un malson. El silenci es va estendre per la cabina del vehicle. Ningú no volia cantar victòria, però ja eren fora de perill. Tornaven a casa. La Nerea es va incorporar al seient i va tocar en Derek a l'espatlla.

—Estàs bé? —li va preguntar mentre li acaronava la galta.

En Derek va obrir els ulls a càmera lenta.

—Necessito tornar a la meva habitació, si us plau —va contestar en un to tan tènue que semblava que estigués sota els efectes de l'anestèsia.

Les pigues que cobrien la cara de la Nerea van ser l'últim que va veure abans de perdre del tot el coneixement.

http://22_EL RETORN A LA CALMA

Els mitjans de comunicació de l'endemà es feien ressò dels esdeveniments d'una manera exagerada. Es descrivia la Nerea i en Derek, sempre sense revelar-ne els noms, com una parella d'herois que havien tingut el coratge d'enfrontar-se a una de les branques més actives de la secta Koruki-ya. La seva gesta encara tenia més transcendència tenint en compte que a la resta del món l'acció coordinada de la secta havia estat un èxit, cosa que havia provocat un espantós nombre d'assassinats. S'exalçava especialment el coratge d'aquell noi que, tot i tenir pànic als espais oberts, havia abandonat l'habitació on vivia reclòs per enfrontar-se als criminals.

Els diaris només parlaven d'un detingut, l'inspector Harry, i d'un mort, L'Ombra, del qual a més donaven el nom, John Wissenbald, de 45 anys i d'ascendència alemanya. Després d'haver perdut el seu fill i la seva dona, aquell home havia estat abduït per l'organització de temibles fanàtics. En el passat havia estat fitxat per la policia per haver enviat diverses amenaces de bomba a les oficines de Microsoft, Google i Apple. En cadascuna d'elles jurava que les faria volar pels aires si no es publicava en tota la premsa nacional un manifest en què s'advertia la humanitat sobre els perills de la tecnologia. El diaris es van negar a reproduir aquella porqueria, però van col·laborar amb les autoritats fent veure que estaven disposats a fer-ho. Gràcies a aquella mentida, els serveis d'intel·ligència van poder rastrejar l'origen de les cartes d'amenaça i detenir John Wissenbald. Tot i així, només va poder ser imputat per un delicte menor d'amenaces i va quedar en llibertat després del judici. Quan, al cap d'un temps, el Facebook es va convertir en un portal de referència en l'univers de les relacions socials, Wissenbald va decidir tornar a actuar. Aquesta vegada formant part d'un pla molt més ambiciós.

En el cas de l'inspector Harry, la premsa va destacar que des de feia uns quants mesos estava sent investigat per Assumptes Interns en relació amb el seu estrany comportament. Malgrat tenir-lo sota vigilància, no havien pogut trobar res tèrbol que confirmés les seves sospites. Cap diari no sabia dir quin lligam hi havia entre l'agent i els segrestadors. Només un periodista especulava sobre la possibilitat que en Harry, ple de deutes a causa de la seva addicció als jocs d'atzar, hagués acceptat una important quantitat de diners a canvi de col·laborar-hi. Una presumpta investigació dels seus comptes bancaris havia revelat que estaven a punt d'embargar-li la casa per impagament de les quotes d'una forta hipoteca.

Els diaris no esmentaven més detinguts, i això no va agradar a en Derek i la Nerea, ja que tots dos sabien que L'Ombra i en Harry tenien un cap, Ull de Tauró, probablement l'enllaç amb el líder de la secta, allà al Japó. La Nerea havia vist personalment aquell paio i l'havia sentit parlar sobre els seus plans, però aquesta informació mai no va arribar als mitjans de comunicació. No descartava que la policia hagués decidit amagar l'existència del tercer segrestador per no entorpir una investigació de caire internacional.

En aquesta situació, durant els dies següents la tieta Liz va estar cuidant els seus nebots amb tota la dedicació del món. Però, passada una setmana, va renyar la Nerea amb duresa. Se'n sentia orgullosa pel fet que hagués salvat el seu germà sense més ajuda que la del tal Derek, però també estava enfadada perquè no hagués comptat amb ella. Aquest sentiment ambivalent es va transformar en una semiesbroncada una mica desconcertant. La tieta Liz va castigar la Nerea obligant-la a passar una setmana a casa, sense veure les seves amigues, reflexionant sobre el perill a què s'havia exposat. Era una sanció francament ridícula, però la seva neboda la va acceptar sense dir ni piu perquè entenia que la seva tieta només es volia assegurar que no es tornaria a ficar en embolics.

Així que la Nerea es va veure reclosa a la seva habitació, va contactar amb en Derek. Li va enviar una pila de missatges pel Facebook i va intentar connectar-s'hi a través de l'Skype, però el seu amic no donava senyals de vida. Va pensar que potser l'havien ingressat en un hospital. Recordava perfectament la manera com ell s'havia arraulit en un racó de la furgoneta amb la qual van fugir i com els altres nois van intentar calmar-lo dient-li que de seguida seria a la seva habitació. La Nerea va demanar a en Saturn que, en comptes de dirigir-se a la comissaria més pròxima, anessin directament a casa d'en Derek, però la furgoneta estava tan abonyegada, el vidre del parabrisa tan trencat i la sang de L'Ombra tan repartida per tot el xassís que una patrulla de trànsit els va aturar quan no feia ni vint minuts que havien abandonat la nau industrial. Quan en Saturn va explicar als agents el que acabava de passar, els van escortar fins a un hospital. Va ser allà on en Derek va acabar ensorrant-se. Va començar a clavar puntades de peu, a cridar i a sanglotar davant la mirada estupefacta dels metges. Li van administrar un calmant perquè suposaven que havia entrat en estat de xoc, i va haver de ser la Nerea qui els va explicar que aquell noi vivia a la seva habitació perquè tenia fòbia als espais oberts. Allò va fer que, després d'assegurar-se que tenia les constants vitals correctes, el duguessin de seguida a casa seva.

Al cap de dos dies, en Derek continuava sense connectar-se a la xarxa i la Nerea no podia deixar de pensar-hi. Es preguntava si aquella obsessió era recíproca.

Al tercer dia en Derek es va connectar. La Nerea li va demanar que encengués la seva *webcam* per mantenir una conversa cara a cara. Necessitava veure el rostre del noi que li havia salvat la vida, que havia abandonat la fortalesa de la seva habitació per deslliurar-la, que havia lluitat contra les seves pors més profundes per rescatar-la d'una mort segura. En Derek va acceptar l'oferiment i, al cap d'una estona, la seva cara va aparèixer a la pantalla. Cap dels dos no va dir res. Durant més d'un minut es van estar mirant en silenci, sentint com els envaïa la calma en trobar-se finalment l'un davant de l'altra, experimentant el plaer d'aquella atracció que ja no hi havia manera de dissimular. Va ser la Nerea qui, al cap d'una estona, va trencar el silenci.

—Com estàs?

—Començo a millorar —la veu d'en Derek va fer que la noia s'estremís—. M'he passat dos dies al llit. I m'han assignat un psicòleg que intentarà ajudar-me a abandonar la meva reclusió. Però, la veritat, no crec que ho aconsegueixi.

La Nerea no mirava la cara d'en Derek, sinó els seus llavis.

—Gràcies per salvar-me la vida —li va dir.

—Ho havia de fer. Després de parlar amb tu, quan ja te n'havies anat de casa teva per dirigir-te a l'antiga discoteca, vaig descobrir una cosa que em va fer entendre que estaves en perill.

—Una cosa sobre en Harry?

—Exacte. Vaig aconseguir trencar les barreres dels ordinadors de la comissaria i em vaig infiltrar al seu portàtil. Hi vaig trobar, amagada darrere d'una pila de mesures de seguretat, la carpeta on desava els correus electrònics que L'Ombra li havia estat enviant durant els últims mesos. Aquells missatges demostraven que en Harry formava part de la secta. Vaig suposar que ell també participaria del sacrifici i que, com que sabia que tu estaves al corrent dels seus plans, intentaria despistar-te i mantenir-te al marge dels seus moviments. Era evident que t'havia d'ajudar.

—Com vas sortir de casa?

Abans de contestar, en Derek va mirar cap a una banda

i després va aspirar amb força i va tornar a parar atenció a la pantalla.

—No va ser gens fàcil. Recordo que vaig obrir la porta de la meva habitació i el món va començar a fer més i més voltes. Estava marejat, amb nàusees, suava, però vaig aconseguir posar un peu a fora, recórrer el passadís de casa i arribar a la porta principal. Sort que la meva mare havia sortit, perquè no m'hauria deixat trepitjar el carrer! Accedir al replà va ser la segona prova de foc. Quan vaig obrir la porta, les cames em feien figa. No sé com vaig aconseguir baixar les escales fins a arribar al carrer i aturar un taxi. Va ser una experiència horrible. Però t'havia de salvar... No podia deixar que et passés res...

La Nerea tenia ganes de sortir corrents de casa seva, anar fins a la casa d'en Derek, tirar la porta a terra i abraçar-lo.

—Creus que ho podries tornar a fer?

—No ho crec. Ho vaig passar molt malament allà fora.

—I creus que podries deixar que algú entrés a la teva habitació?

En Derek va fer uns ulls com unes taronges, sense saber què contestar, i no va poder evitar posar-se vermell.

—Vols entrar a la meva habitació? —va preguntar.

—M'agradaria molt.

—Però...

—Res de *peròs,* Derek. Convida'm a entrar a la teva habitació. Jo et puc ajudar a superar les teves pors. Deixa que ho intenti.

En Derek movia les mans de manera agitada, com si estigués molt nerviós.

—No sé si podré suportar que algú entri en aquesta habitació.

—Doncs ja és hora de comprovar-ho.

—N'estàs segura?

—Sí, n'estic segura. I tu?

—No ho sé... Però ho podem intentar... Vine i ja veurem què passa.

La Nerea va sortir corrents de casa seva. Estava radiant, emocionada, plena d'esperança. Era la primera vegada que sentia una cosa com aquella. Ni tan sols va esperar l'ascensor. Va baixar els graons de dos en dos, va arribar al portal de casa seva i es va plantar al carrer. Volia ballar, regalar flors als desconeguts, abraçar-se als fanals. Abans de començar a córrer, va fer un cop d'ull a la façana de l'edifici. Algú hi havia fet una pintada: